〔马来西亚〕
黎紫书 著

北京出版集团
北京十月文艺出版社

目 录

辑一　春满乾坤

我在 …… 03

同行 …… 07

窗帘 …… 11

遗失 …… 14

新生 …… 17

春满乾坤 …… 21

守望 …… 24

归路 …… 29

留守 …… 32

杀人者 …… 36

暗巷 …… 40

寻人记 …… 43

今天不是周三 …… 46

回家 …… 49

偷 …… 52

海鸥之舞 …… 56

辑二　只应天上有

人寰 ……… 63

众·人 ……… 67

阳光淡淡 ……… 70

童年的最后一天 ……… 74

幸福时光 ……… 77

唇语 ……… 80

迁徙 ……… 84

大哥 ……… 87

同居者 ……… 91

死了一个理发师 ……… 96

春日 ……… 100

同一个春日 ……… 103

一致 ……… 106

再一次送行 ……… 109

花样年华 ……… 112

我·待领 ……… 116

两难 ……… 119

只应天上有 ……… 123

这一生 ……… 126

多年以后 ……… 130

日子 ……… 134

辑三　倒装

明信片 ⋯⋯ 141

日复一日 ⋯⋯ 144

大师的杰作 ⋯⋯ 147

消失的赵露 ⋯⋯ 150

完美生活 ⋯⋯ 153

命运 ⋯⋯ 157

错乱 ⋯⋯ 162

我是曾三好 ⋯⋯ 165

错体 ⋯⋯ 168

倒装 ⋯⋯ 172

交易 ⋯⋯ 175

余生 ⋯⋯ 178

在我们干净无比的城市 ⋯⋯ 181

那一夜我们一起离开酒吧 ⋯⋯ 185

辑四　送别

钥匙扣 ⋯⋯ 191

事后烟 ⋯⋯ 194

她·狗 ⋯⋯ 198

胜利者 ⋯⋯ 203

赢家 ⋯⋯ 206

自满 …… 209

镜花 …… 213

送别 …… 217

不觉 …… 220

青花与竹刻 …… 223

无花 …… 228

旧患 …… 232

宠物 …… 235

耗 …… 239

拖鞋 …… 242

苍老 …… 245

舍 …… 248

所有 …… 252

我妻 …… 256

圆满 …… 259

后记 / 简·爱 …… 263

辑一 春满乾坤

我在

爸说的,当时爷爷在,爸也在。

哪里?

"这一边。"爸的手指在相片上滑过去,往左越过相片的边沿,停在约莫两厘米外。"约莫这儿吧。摄影师的镜头再移过来一点,一点点就好,我和你爷爷都会在这相片里了。"

那可是一张历史性的图片呢,中学课本里有印着它,报纸和电视上偶尔也会出现。爸说那时爷爷抱着稚龄的他挤在背后的人群里,就在这镜头的视野以外,两厘米之遥。

两厘米也就够远了,爷爷和爸爸终究没上镜,也就不会在历史课本里出现。爷爷把图片从报纸上剪下来,放到他们家的相册里,就像那也是他们家里参与过的事。这多么可惜啊。有时候他会想，要是当时镜头稍微往左移动0.1厘米吧，他就可以骄傲地告诉班上的同学，甚至是他的历史老师：喏，这是我爷爷，骑在他肩上的是我爸。

"说不定是入了镜的，只是后来冲洗照片时被裁掉了。"他舅舅对那相片仔细研究了一番。他舅舅以前在学校里是摄影学会的会员，有过几次在暗房里冲洗照片的经验。"那是没办法的事，我们有个小工具，裁照片得有个标准尺寸。"

就是这"标准"让他感到迷惑。不是尺寸的事，而是冲洗照片的人怎么在暗房里昏暗的红灯照下做出判断，框选时凭什么决定该偏左或偏右，将哪些人从这些历史性的相片里裁汰。

"呵呵，反正被裁的总是那些边缘人啊。"舅舅伸手拨乱他的头发，阻止他再往细里想，"别傻，你爷爷和爸爸不一定真的在那里。不都是你爷爷说的吗？你爸那时才多大？根本不可能有印象。"

"谁都可以说自己在场嘛。"舅舅把他整理好的头发再拨乱一遍。在各种阻挠人思考的方法中，他最讨厌这一手了。

以后他读了一些关于摄影的书，多少懂了一

点裁剪照片的原则和道理。要怎么裁，裁哪里，裁多少，其实不真有一套尺寸。若真有所谓方圆，都以照片里的"主角"为准——裁掉别人，无非为了突出这些人。

于是他后来再看见那张相片，便总是忍不住细细端详里头那个"主人翁"。那人站在照片左侧，脸朝左方，手里拿着纸像在宣读什么。这样的照片，专业取角不该把镜头往左边拉，尽量把背景里的群众收纳进来，好表现场面的壮观么？却是因为这人的背后站着一排当时很显赫，今已无人叫得出名字来的大人物，这照片便不得不这样拍了。

他想，当时挤身在人群里的爷爷一定不知道，自己竟不偏不倚，正好站在一张意义重大的照片的边缘，他和他肩上的孩子也就成了可有可无的人。

他是因为这缘故，后来才会迷恋上自拍的。他说他不能容忍这种事，不能让历史遗漏他，把他当作多出来的枝叶般剪除。所以我才会在许多大场合里遇见他，并且总是能一眼把他认出来。他就是那个你常常看见的人——带着像素最好的手机，背包侧旁的兜子里还插着自拍神器，在各种集会和示威活动里跑上跑下，争取在种种时机举起手机见证历史，以及那个总是站在各个大人物前面的自己。

老实说，他自拍的技术相当不错，取角更是常常出人意料。对于他要以"吾辈的历史"为题开一个摄影展，我一点也不感到意外。我真的挺喜欢那些作品。我是说，要是能少一点修图的痕迹，应该会更了不起。

同行

他向易先生借火。易先生借了。

那是在两节车厢之间,脚下晃动得特别厉害,嘈音也特别大,轰隆隆轰隆隆。好在他们不需要说话,他只是看了一眼,易先生便把打火机递过去。

其实刚才在车厢里,易先生一进来,他就认出来了。好些年过去,易先生的外貌没什么变化。后来他还听见他在后头讲电话,像是对一个什么客户解说交易的细节和程序,就像以前在服务中心对乡民说话的口吻,依然声音洪亮,慢条斯理,语态声调丝毫未变。如果硬说有什么变了的,也许就在于他不提公文包了,背了个计算机背包,而对于身形魁梧的易先生而言,那背包多么小巧,看着让人觉得有些儿戏。

易先生自然是认不得他的。毕竟他们没见过几次面,而且那是很久远以前的事。他自己辞职不当记者都已经好些年了,而之前他们碰面的场合不外乎记者招待会和政党大会什么的,易先生只是个陪跑的小角色,最了不起也不过在经济大好的那几年中选过一回,当上州议员。而他一直是小报社里头跑杂差的小记者,职场上人来人往啊。

真说起来,他之前不是没碰见过别的"故人"。那些人经常在飞机场出没。退位多年的前房屋部长依然满头白发,过气的前贸工部长依然珠光宝气。但易先生……他把打火机还回去,两个人拈着各自的烟,分别站在通道两旁,各靠着一扇门,无所谓地看着不断流动的外头。

他记得易先生帮过他的家人做了些事,却记不起来那是什么事了。他们家坐落在易先生的选区,家里的老人遇事情了都爱到易先生的服务中心里嚷嚷。易先生声音大,脾气好,能做的却实在有限。他跟访过几回,不外乎看他领人通沟渠,处理巴刹外面堆积的垃圾,或是到印度庙那里声若洪钟地排解什么纠纷。

他不觉得易先生有什么好，也说不出来有什么不好。大概心底老觉得他虽然办事有点魄力，却不似是有志向和理想的人，甚至也没有野心，倒像是役役地给谁打工，而恰巧就服务于他向来鄙夷的政党。

那时他年轻，愤世。那两届大选，他都费尽唇舌，软硬兼施地让家里老老少少不得把票投给易先生。

倒也不是针对易先生这人……

反正都过去了。他抽了一口烟，慢慢地，把它深深吸入肺腑，又缓缓地，像是巡经五脏再吐出来。没当记者以后，他对这些事再没这般热心，也不那么热血了，去年大选还因事没回去投票呢。而易先生，也就只当过一届州议员便被拉下马，他们党后来让一个律师在那选区上阵，可那些年反风大吹，律师一直没中选，便连服务中心也撤了。

这些年过去，世界还是老样子。谁管易先生在通沟渠抑或在卖保险呢？他也知道报社每年招聘记者，去应征的大学毕业生数以百计，人来人往啊。要说变了的，唯有这火车，速度比过去快了，似乎很少误点了，车厢外的风景流逝得更快，根本来不及看清楚什么。

  一根烟的时间，几个吞吐过去。他和易先生都不想回到座位上，便站在那儿再续了一根，或者两根、三根。那打火机在他们之间往来，他后来回报了一根香烟。奇怪的是他们两人谁都无意说话。他仍然看着外头，天光被时间卷走。车厢里的播音器响起来，他总是听不真切。可是他想，管他呢。反正他和易先生总会同时抵达，在同一个站下车。

窗帘

这窗帘是怎么回事啊?

那是在上庭的前一天,他在饭厅,看着挂在饭桌旁的窗帘。料子是不错的,虽用了好些年,可因为这窗户向北,日照不强,倒还不太陈旧,颜色仍艳着的。

这窗户挂不挂帘子,本来是不打紧的。刚搬进来时也真没想过要挂,但对窗的房子后来搬进一对年轻夫妇,真恩爱得有点过头,常常就在那窗边拥抱接吻,偶尔还光着身子乍现,快没把他与老妻吓坏,还为此担当了个偷窥的罪名,当年在坊间闹了点小风波。

于是便有了这窗帘。正好平日看的报纸搞促销,让订户累积分数换礼物。他与妻在礼品册上选了这窗帘,大小合宜,现在还可以看见帘子上印着那家报社的标志和口号。从那时起,除了偶尔换洗,这窗帘常垂下,算是与对窗人家划清界限。他以为,挂一幅窗帘也算是礼貌。非礼勿视,谁说不是。

果然那窗帘让两户人家相安无事。那对年轻夫妇前几年还来串过门,借或还点油啊盐啊什么的,算是两家交好。他后来也真的忘了之前的不愉快,偶尔跟那个在文化圈有点小名气的年轻丈夫下棋啊或谈论时事,以为彼此的印象还是不错的。

但这窗帘到底是怎么回事啊?他真搞糊涂了。就去年的事,那年轻丈夫突然搞离婚,对外公开自己是同性恋,并坦言常年为世俗道德与价值观所苦。事情好像闹开了,那年轻人获得广泛的支持,据说还被称为文化觉醒什么的。他没留意,搞不懂嘛。

然后是另一个年轻男子住进对窗的房子,两个男人同居起来。他当然不敢掀开那窗帘,确实有点吾不欲观之的心态。但那窗帘总是礼貌的,它跟平日没什么不同。怎么后来会收到控书,对方说他日均二十四小时垂下窗帘,是为歧视。

他真不明白这窗帘是怎样出卖他的，不就是老样子吗，怎么人家会嗅出歧视的味道来。还有报社在跟进呢，在对窗拍了他这边的照片，有图为证。于是坊间又有了舆论与风波。家里收到匿名信，有人痛斥他搞歧视，恫言他再不拿下窗帘，就率众到他家门前自渎抗议。那家在窗帘上印了字号的报社派人来沟通，像要销毁证据似的，说要高价回收他们家的窗帘，或可选择十年免费阅报。

他还没答应，事情乱七八糟的，他还需要一点时间去整理思绪。最起码，得先搞清楚这窗帘到底出了什么错。

遗失

午后,再走过那里,已经不见了女孩的踪影。

午后,是刚办了点公事,在咖啡馆喝了杯卡布奇诺;戴上耳机听着音乐,循来时路步行回公司的时候。午后,是MP3播到班德瑞音乐的 *The Way of The Wind* 的时候,曲长四分钟三十五秒。就那么点时间,他穿过公园,打那一棵榆树下走过,看了一眼树下的长椅,空的,没人。

有五六天了吧,每天上班下班都看见女孩坐在那里,直至今天上午走过时,她还在。

女孩是个盲人。平日常碰见的,提着很大的藤篮;由一只拉布拉多犬在前头领着,向公园里的游人兜售纸巾或钥匙圈这类小物件。那狗看来十分温驯良善,黑眼珠里有赤诚,很讨喜;有不少人被它逗乐了,才愿意帮衬买些什么。

他记得自己也曾几次向女孩买过一些纸巾，多是因为那天上班匆忙，忘了带手帕。女孩很有礼貌，狗也快乐地摇尾巴。他觉得自己被感谢着，像是做了善事，帮了人，心情便特别好。为此，有一次他还慷慨地多买了些，听那女孩感激地一再说谢谢。

当然，那些都是女孩遗失了导盲犬以前的事。也不久，才几天前，他像今天那样出去办事，在公园东面的出入口遇见那只狗——像是被麻醉了，正被两个男人匆忙地抬走。他也认得那两人的面孔，不外是常在这公园里流连的人。他只瞥了一眼，对事情有点了然。可怜的女孩啊，他在心里感叹。

然后他就在榆树下见到那女孩。当时她还是焦虑的，站在那里一直在喊狗的名字，声音在颤抖，如泣。他觉得很不忍，迟疑着是否该把事情告诉她。而结果没说，以为那是比不说更残忍的事。直至第二天第三天看见女孩还在，一个薄薄的身影，腰板挺得直直，静静地坐在长椅上，像要慢慢融入树荫里；他既有点懊恼又有点心虚，反而更犹豫了些。总想着下次若再看见，便要劝她别等，然而每次经过看见了，又想还是下次再说吧，也该多给她时间保留住那一线希望。

如今女孩不在那儿了，他有点如释重负，便想，那样的一线希望也许比绝望更残酷，倒真愿那女孩从此死了心。想到这里，*The Way of The Wind* 播到最后十五秒，快要步出公园了。那里有两个男人站在小径旁抽烟聊天，他认出来是那天把狗抬走的人，不禁多注视了些时间，却在其中一人回头瞥他一眼时，慌忙地移开视线。

这种人真叫人厌恶啊，他皱着眉离开公园。音乐的最后一秒，想起那只讨喜的拉布拉多犬，感到宽怀了些。他想，幸好，自己从来不吃狗肉。

新生

人们总是记不太清楚,他是什么时候去弄了这一口牙齿的。人们就说是他那年轻的越南老婆来了以后的事吧。

用那么洁白齐整的牙齿去替代他以前那七零八落的烟屎牙,人们看不惯。他明白,这大概就像他看见对面那常年秃头的邻居忽然戴了一顶假发。

可这副牙齿,虽然是假的,他却宝贝得很。甚至为了它,年岁这么大了,他才开始养成每天早晚刷牙的习惯。

最前面十几年,那是家里没管好。那年代,父母在山旮里生下一箩筐孩子,那么多张嘴巴,吃都顾不上了,哪管得着各人嘴里的二三十颗牙齿?

一定是因为营养不良吧？他天生牙齿偏黄，也从没长整齐。这种牙齿，他丝毫没想过该去"保养"。后来他抽烟，加上蛀牙的问题，这里那里参差不齐，他就更豁出去了。反正他和老婆奉子成婚时，两人都还年轻，口腔的毛病还没真浮出水面。后来老二出生，他与老婆三天吵一通，五天干一架。他烟抽得凶了，话却愈来愈少，牙齿在门户紧闭的口腔里一颗接一颗腐坏，直至他开口说话时连自己都闻得到一股恶臭，老婆和孩子自然是嫌恶的，连街头的流莺也曾忍不住埋怨，于是他更不愿意开口，不笑，也越来越寡言了。

没想到就这样过了大半生。孩子还没成人，老婆便跑路了；孩子长大后，孩子也跑了。虽然他后来把烟戒掉，但牙齿早已凋零。有一阵子牙疼，痛得脑壳都发颤了，他硬着头皮去找牙医，然后不知哪里来的决心，他让医生把那些幸存的牙齿抄家灭族，连根拔起，换上全口活动假牙。"要最白最好的！"于是便有了这前所未有的三十二颗牙齿，齐齐整整，白而锃亮。

至于娶个越南老婆，那是后来的事。也不能说与这新牙齿无关。毕竟年纪相差甚远，人家那么紧实完整的一个女人,他要不是靠这副假牙解决掉口腔的恶疾,大概是提不起勇气飞到那么远去吃饭相亲的。

新老婆很好。人良善,也勤俭,一管牙膏用再久也还能挤出下一次要用的分量来。纵然有点语言不通,生活上多有难处,但他疼她,她总是体会得到的吧?为了日常沟通,他不得不多说些话,还不敢说粗口,慢慢地话愈说愈顺溜,别人都觉得他成了个谈笑风生的人。那些人因为看不惯他的牙齿,便说那两排白森森的牙齿有什么好炫耀的呢,假的嘛,而且看着根本不匹配。

他明白。就像他也看不惯对面房子的老秃头枯木逢春似的,突然"长"出一大丛茂密的黑发,怎么看怎么不自然。

他的新老婆没见过那老头子以前没戴假发的模样,却也一眼看出来"那不是他的头发"。这古怪的说法像什么戳到他胳肢窝了,惹得他叽叽地笑。

"如果头发没有这么黑,如果没有这么漂亮,看起来会比较好,"新老婆说着熄了床头的灯,话在暗中变得像呓语,"会比较像是他的。"

他没有忘记到浴室里卸下他的假牙。新老婆早把牙膏挤好在牙刷上。他细细地把牙齿刷了一遍,以清水冲洗,再把它浸泡在水里。出来的时候就着背后浴室的灯光,看见新老婆在床上沉沉睡去的脸。他忽然感到一阵满足,忍不住咧嘴而笑。那嘴里无牙,像一个幽深的黑洞。他不管了,自从习惯了那假牙以后,他已经很久不再遮掩自己的笑。

春满乾坤

要开饭了,老二一家还没到。惯了的,往年都这样,但饭桌上仍不免有人鼓噪,有人掏出手机来,被她阻拦了。别,老二和他媳妇的脾气你们不是不知道。

好容易等到老二一家三口坐下,这才总算到齐,完完整整的一家。三代人呢,老中青,谁的个头都不小,顿时把小饭厅撑饱。房子里忽然人声鼎沸,像一锅刚煮开的水,加上一室春景,年花簇拥,还有电视机溢出的流光与声浪。过节就该这样,团圆饭是该在家里吃的。

于是她开始奔忙,拖鞋在厨房与饭厅之间吧嗒吧嗒地响。菜肴一盘接一盘上桌,空气中蒸腾着油气和饭香。老大开了一瓶酒。有人喊她,妈你坐下吧,每年都这样弄一桌子,你不累我们看着都累了。谁又跟着起哄，对啊去年不是已经说好，今年团圆饭到福满门吃的嘛。

老大的女儿即时嚷起来："我知道我知道！奶奶那天看见电视上有个专家说啊，味道是人类最后的记忆。我说奶奶一定是怕我们吃了别处的就会忘掉她。"

大家莞尔，笑得像电视上的罐装笑声那样齐整。她也笑着端上最后一道菜。这下连素来矜持的二媳妇也认出来。鲈鱼啊，妈的拿手好戏。鱼才放下，许多筷子便伸过去各取所需。有的说好啊妈这私房菜，这么多年就是百吃不厌，有的说你没尝过呢，人家福满门的更有特色。

她坐下来，才发觉没有胃口。于是静静地端详围着饭桌的一家人。除了身旁的老头子和老二那生性腼腆的儿子在默默扒饭以外，其他人都兴致高昂，说话声量大了，尤其谈到股市和房价的事。话题扯到这旧楼房，兄弟三人各有看法，很快话不投机，嗓子便粗了，酒嗝中透着戾气，又有高亢的女声硬生生地加入。气氛有点煳，像快要烧出焦味来的半锅残羹。

"啪"，有人摔下筷子。

老头子发作,大伙儿马上噤声。其时已杯盘狼藉。老二一家先走,老大一家随后,媳妇们一个劲儿堆着笑脸打圆场。妈辛苦了,菜做得真好,哪家饭馆都比不上。明年吧明年得把功夫传给我们。

等人都走了,老三与媳妇无声地蹿到睡房。听到闩门的声音。依然一室春景,年花俗艳,电视机还在倾出欢腾之声。她去收拾,老头子在身后煮水沏茶,一边喃喃嘀咕。

"什么人类最后的记忆,这下你输得甘心了。亏你还花这些钱。刚才那鲈鱼做得真一般。哪家饭馆点的菜啊?"

她开始洗碗,没回头。

"福满门。"

守望

现在他已经习惯了,每天去搜索那个红色的身影。每天,只要踏进厨房或书房,他总是不期然望向窗外。那里向北,正对着另一栋楼房:十楼,非常洁净明亮的落地窗。

洁净得几乎觉不出玻璃的存在,而住户似乎从来不拉上窗帘。于是那厅就像一个舞台似的对外敞开。尤其是在夜晚,厅里亮灯,他更习惯了让自己坐在暗中,静静等待演出者登场。

住户只有一人,是个女子。他确定这个。一个外籍亚裔。有好几次他们在楼下的石子小径上碰面,他试图攀谈,对方懂的普通话却实在有限。而这些并不重要,重要的是女子长相秀美,皮肤白皙,高挑,长发如黑漆泻下。

还有更重要的,女子喜欢穿红衣。艳红,火

红，红得让人感觉眼睛灼痛。这红给他很多启发，让他想起小时候听过许多复仇的传说。那些女人穿红衣自杀，死后化为厉鬼索命讨债。想起这些他就感到战栗，尤其是每次看见那女子穿着大红睡衣，爬到窗外去擦窗时，他就禁不住手心发冷，头皮冒汗，紧张得浑身要起鸡皮疙瘩。

那女子有严重的洁癖。他确定。似乎只要待在家中便没日没夜地打扫。地板是每日一定要清理的，床单每周清洗；至于那落地窗，一周也有两次吧，或者更多。女子像个特技演员，先跨过窗口爬到窗外，两脚踏在细窄的台沿上；一只手扶着窗框，另一只手拿了湿布擦窗。还有些手够不着的地方，她会换一根擦窗用的长柄抹把，歪着身子，伸长自己，甚至也踮起脚。

当初他被这情景吓了一大跳。没见过有人那样卖命，那样大无畏，就为了擦窗？是的。红衣女子在十楼的窗外摇摇欲坠，擦窗擦得那么专注而视死如归。他以后多看见几次也就不觉得太过心惊了，反而渐渐觉得有点意思，并且也激发了一点灵感。这灵感如同火烧，对他是一种折腾。独居，美女，外国人，尤其是那一袭勾魂摄魄的红衣。这些全都是元素,充满了隐喻和张力。他早已忍不住动笔了,写写删删,弄出几个不同的版本。

然而现在说这些毕竟太早。他还得等。所以才养成这习惯,每天下意识地搜寻那红色的身影。耐性和冷静是个前提,这是职业守则,他必须等到事情发生,才能根据情况判断要把哪个稿子呈给老总。红衣女子终有失足的一日——这个他不太敢确定,却并非毫无把握。

洁净得几乎觉不出玻璃的存在,而住户似乎从来不拉上窗帘。于是那厅就像一个舞台似的对外敞开。尤其是在夜晚,厅里亮灯,他更习惯了让自己坐在暗中,静静等待演出者登场。

归路

经常来报失的那个老人，昨天失踪了。

他儿子到派出所来报案。说老人早上出去溜达，第二日还没回家。我与同事面面相觑，都觉得有点滑稽。其中两个最年轻的忍不住拧过脸笑，来报失的老人被报失了。

可昨天早上我还看见过他。毕竟住在同一个小区，我每天清晨在阳台上练桩功，总会看见他骑着自行车，穿过大门拐右，再转入左边的小道，往河边的方向去。昨天也一样，虽然有点雨，我还是看见了那一袭熟悉的灰蓝色身影，头上仍然戴着一顶过时的旧呢帽。

老人失踪了，这天就再没有人到派出所来报失。平日所里无聊的时候，我们还是挺乐意看见老人推门进来，看他又有什么新奇的发现。"我以前种下的一棵树""猪肉的香味""我家的粮本儿""街头的老店""去年的团圆饭""城墙、城墙""公园，城东的小公园"。老人说得认真，大家被他那像煞有介事的样子逗乐了，没事时便陪他玩，也装模作样地打开本子给他备案。

有一次正好上级来巡，所里进入紧急状况，突然闯入的老人遂成了不速之客，急得大家手忙脚乱，差点没出洋相。那天我们不得不召人来把老人领回家，顺便由所长训了一番话。好好管住他吧，这年纪了，何况还有这老年痴呆症。

我却知道老人得的未必是痴呆症。小区里的妇人时有往来，各家各户的奇闻逸事就成了睦邻联谊的好材料。据说老人多年前因工受伤一昏不起，当了好些年的植物人。本来家里人已不抱希望，可两年前他毫无征兆地醒转过来，只是脑筋已不灵活，而且有点记忆错乱。由于行为失常，也不太能认路，因而总给家里添乱。听我妻说，老人的儿媳妇对此不无埋怨。

直到下班时，所里也没有发下指示要去找老人。两个年轻的同事似乎还没把老人的失踪当真，仍不时拿"报失的老人被报失"开玩笑。我离开派出所时天色已沉，雨又下起来了。快要回到家时，我忽然发现小区前面的小道，那一条老人每天骑车往返的必经之路，不知什么时候已被铲除，看来是要并入一条绿化带里。一定是铲泥机干的吧。似乎昨天，就在昨天早晨，我最后一次看见这条路。

晚饭时说起老人的事，妻提起那条绿化带。据说奥运期间会有载着选手的车队从大路上经过。她有点得意，拉我到阳台上一起看雨中的夜色。雨中景观浅窄，但也许是因为这阳台的高度，妻脸上的神情兴奋而肃穆，仿佛她看见了大好河山。

留守

囡囡要被带走,家里的狗像是有所觉,这一上午都病恹恹地趴在角落里,就连她带它出门散步,它也不太提得起劲来。

她带它走老路,路口拐右,让它在路旁的绿化带上拉撒,然后沿后巷走小半圈,再从大路走回来。这一天狗拒绝走进后巷里,拉撒过了马上拽着她走来时路。她觉得狗真知道囡囡要走了,还想回去再与她多缱绻,闻一闻她身上越来越淡薄了的孩儿香。

这狗可是看着囡囡长大的。囡囡被带到她这儿时,才刚过满月,如今竟然已快要四岁了。狗在这家里可是住了十四年,从毛茸茸的一团小东西,变成了今天这老态龙钟的模样。

那时女儿大学还没毕业,有一个假期她把小

狗抱回来："老爸走了,我找了一只小狗来陪你过日子。"可女儿明明知道她向来不喜欢狗,她鼻子太敏感,忍受不了狗身上的气味。

"这怎么是给我找个伴?你是以为我太清闲,无端端给我一堆事情做。"

是啊,老家伙的病拖了三年多,又屎又尿的,她筋疲力尽了。好不容易挨过去,来了一只畜生,吃喝拉撒的事依然要由她来伺候。

后来她才知道,那狗有来路,女儿从刚交往的男朋友家里"领养"回来,说是名种犬。

她才不管它名不名种,她连名字也没给它取（女儿倒有个英文名字给它,她笨口拙舌,发不了那个音）,就这么相处了十几年。

狗就慢慢老了,女儿毕业后留在吉隆坡工作,然后嫁人,生孩子,把刚满月的囡囡带回来。"是你的亲外孙女呢,让她陪陪你。"

最初一年多,那日日夜夜的,她年纪那么大了,一个人带孩子,真的心力交瘁。偶尔向女儿抱怨,反被她与她的夫婿左右开炮,对她说许多负气的话。"连自己的妈都这样,那我们随便在外面找个保姆算了。"

她怎么能不疼囡囡呢？那是她一手带了四年的亲外孙女呀！四年呢，别说人，就连狗也懂得疼囡囡了。它见着囡囡总是很欢喜的，尾巴甩得像风车轮子一样；囡囡也喜欢它，总是被它逗得咯咯笑。

"那狗这么脏，又这么臭；妈你留心点，别让囡囡去碰它。"女婿说这话以后，隔好一阵子她才想起来，这狗当初就是从他家里领回来的嘛。

据说当初被送出去的三只小狗中，就这一只最长命，它的父母和兄弟姐妹全都不在了。她记得以前女儿把狗留在家里，说好了过两年她毕业后自己找到房子，就会把狗带过去，当然这么说只是为了安抚她，过两年，女儿大概已忘了狗的来历，对它完全不闻不问。

于是狗成了她一个人的狗，囡囡倒终究是她夫妇俩的女儿，给她把玩了四年，最难带的时候过去了，女儿和丈夫就要把她带回去，说是该上幼儿园了。

"本来去年就该带走，我还不忍心呢，才让她多陪你一年。"

女儿与女婿把四年来囤在她那里的许多用品

一股脑儿搬上车,放不下的那些就留下来,说下次回来再取。她点点头说好的好的,心里却想,囡囡不在这儿,他们下次回来不知会是什么时候的事了。

她觉得还好,总算又可以去打太极,和那些未死的朋友一起去喝早茶了。

她看一眼那狗,它一直趴在地上,耷拉着耳朵,翻起眼来看他们忙上忙下,唯有看见囡囡向它走来的时候,它才高兴地爬起来,猛摇尾巴。

囡囡咯咯地笑了。女儿一把将她拉住,说别过去啊,狗狗脏,狗狗臭臭。

杀人者

"谁想到老郝会干出这种事。"

不管来的是电视台抑或是报社,不管同事们谁被采访,都会这么说。

大家确实太吃惊了。老郝杀了人。

他是我们单位里的杂工。黑黑实实,挺高的个儿,背却有点驼。人们回想起来,都只记得他常常一个人坐在楼梯间抽烟。还有他常常挂在嘴上的那一句,对不起对不起。

人们说,谁想到呢。那样任劳任怨的一个人。

在老郝出现以前,我是单位里最早上班的一个。他来了以后,我每天走到办公楼,都会在楼下看见他那老旧的破摩托车,像宝贝一样地上了两重锁。上到六楼走过卫生间,就会看到老郝在里面,多半正伛背在擦地,或在洗尿兜。我说哎老郝,早。他便会转过身,笑着说,哎早早早。

因为我资历浅,是新进,平日总有被同事颐指气使的时候。我有时候生气,便会到楼梯间抽烟。有几次推门进去,碰到老郝神情呆滞地坐在梯阶那里。可他一看见有人来,便像变脸似的瞬间换了副生动的表情,并且马上站起来让座。对不起对不起,你来。

谁想到啊。他这人特别温顺特别好商量。

我听说老郝的老婆下岗很多年了,孩子还在念书,他自己过去总是没有稳定的工作,好容易才在我们单位谋到一份差事。可这些都是听别人说的,老郝自己从没跟我提过。我只知道老郝很勤劳,人家不做的他都做,但是都做得战战兢兢。工作上不管出了什么状况,他总是抢着道歉,说对不起对不起。

出事的两天前,我在医院碰见老郝。我想我是单位里最后一个看见他的人了。那天周末,我陪母亲到医院去复诊,就在大厅撞见老郝。他那时被一群男女堵着,七嘴八舌,唾沫星子溅了他一脸,许多手指戳在他身上。我上前去问,才知道他开摩托车撞倒了邻居一个老人家,现在把人送来医治。我没来得及探问太多。老郝一个劲儿佝背认错,对不起对不起,我负责我负责。那动作越来越迟缓,脸上的表情越来越僵硬。我觉得,很像玩具的电池快要耗尽。

后来在医院药房又碰上他,一个人,拿着药单蹲在门口。我喊他。他抬起头,却像不识得我,又缓缓低下头去,举起两手抱着后脑。我瞥见他的两边脸肿了起来,那是之前在大厅没见到的。我说哎老郝,他们抽你耳光了?不问犹好,我问了老郝便卷起自己,把头深深地埋到两膝中间,很久,很久。

我想,我听到他抽泣的声音。

那药是我给钱让老郝去买的,一百二十元。他先前付了一千多块让老人家进院,已经没钱了。老郝买了药出来,又换上了他平日那张笑脸,他说对不起对不起,这钱我一定尽快还给你,我一定我一定。

第二天老郝没来工作。第三天上班前我收到他的短信。很短。小老弟,对不起。那一百二十元,我不能还了。后来的事,我听别人说的。老人家骨折,医药费要两万块。老郝躲起来不敢接电话，对方的家人给他发短信，说他要是耍赖，便让他活着比死更难过。老郝便去了医院，突然拿刀扎老人家，五刀；然后扎自己，四刀。他说，我以命抵命。

我在电视上看见那老人家的儿女，还有老郝的妻儿，每个人都在镜头前痛哭流涕。他们说，谁想到呢，谁想到他会这么干……之前，明明是好端端的啊。

暗巷

天又黑了。路又烂了。街灯又坏了。天气又冷了。这什么鬼日子!

你骑着自行车,一边呼吸着自己嚼出来的酒气,一边嘀嘀咕咕地穿进那一条讨厌的暗巷。

今天在学校忙了整个上午,下午又开了个闷死人的大会,完了还得陪校长和县里的官员推杯换盏。一顿饭局花的时间可不比开会少,中间又有媳妇两次打电话来侦察行踪。你都老实说了,可她还是将信将疑,不断说着许多带刺的话。你酒喝多了,胆子壮了,竟朝她吼了一声,把电话挂断。

那手机便没再响起。可是等你向正在上车的官员挥别,又被校长搂着胳膊说了几句赞好的话以后,你回身看见自己那一台破自行车孤零零地守在冷风中,酒意便醒了七分。唉,回家还有你好看呢。

跨上自行车以后,你忽然想起下午拿的那一张奖状。于是你把它掏出来,就着街灯昏黄的光线,细细端详"优秀教师荣誉证书"几个宋体大字和下面的朱漆大印。唉,今天就为这个瞎忙了一整日吗?不,十几年了,就为这个吗?

它是不值钱的,不就一张纸吗?顶个球!可你想别人想要还拿不到呢!于是你小心翼翼地把它揣在怀中,一边打着酒嗝一边哼着歌,摇摇晃晃地骑车往回家的路上走。想到刚才挂了媳妇的电话,你既沾沾自喜,又有点惴惴不安。媳妇的脾性你是知道的,这么做简直像是扇了她一记耳光。

为了赶快回家安抚媳妇,你选择了那一条暗巷。平时即使是光天白日,你也不喜欢穿过那巷子。路太烂了,又太僻静,倒是你学校里那些不良少年老爱往那里钻。据说还时有殴斗和抢劫,路上,墙上,有些像血渍的污痕。

呸!你不该想这些的,想这些自己心里就发毛了。那些问题学生你是见识过的,有几个的眼神可阴鸷得很。你对付他们也不手软，严拿严办，三扒两拨也就赶出校门了。反正都是些屡教不改、无药可救的货。想到这里，你不禁心头一热，便吸了一口大气，弓着背使劲蹬着踏板往前冲。

你几乎就要成功穿越那巷子了。真的，你已经看到巷口前面再走远一些，矗立着一盏还没故障的街灯。可谁想到会有人自黑暗中蹿出呢？你被他……被他们堵住，借着晃动的刀光，你看见一双、两双，或者是更多阴鸷的眼睛。你抽了一口凉气，张开嘴巴，却不知道该呵斥抑或该求饶。

真的。那一夜，在那一道暗巷。你唯一想到，也是最后想到的，是你怀里那一张流着血的奖状。

寻人记

终于没见着罗三。也是,在这城中当局长,门槛太高了。

骑车要骑好久,途中多少次停下来摊开路线图,才终于在错综复杂的红蓝色线团中,找到这一栋大楼。指路的人说,看吧,从底层往上数,第四十九层。局长办公室就在那里。

于是,头要抬得很高。楼像一个巍峨的巨人,像一座光秃秃的高山,像一根顶天的大柱。罗三就在那里。

罗三真行。乡里的年轻人没有谁不曾听过他的逸事。正义,英勇,机智。最叫人神往的是有一次他下水救了四个城里人,没留下姓名,也不取分文。这事后来上了报纸,电视台采访队领着获救者到学校找少年罗三,可轰动哪。

因为想着可以见到心目中的英雄，才会答应乡里的老人，把一大包核桃转交罗三。为此还得向工厂请半天假，冒着再次在城里迷路的危险，天未亮便骑着破单车踏上朝圣之路。

奇怪的是这一回竟没怎么迷失方向。城市的路比一个月前更纠缠不清，许多新路像一夜之间疯长起来的枝蔓。可罗三所在的大楼，在城的中心，如一座灯塔。可惜的是四十九楼毕竟太高了，底层已有人重重拦阻。接待处的女孩以娇美的笑容和坚定的眼神说"不"。不行，不成，不能，不可以，不好意思。再纠缠下去，便有保安员过来，用粗壮多毛的手腕和巨大的手掌示意，到此为止。

沮丧至极，正想离开，却被一个女人唤住。她说，是我，以前住在同条巷子的胡小兰。你不是总叫我兰姐姐的么。

不知道。认不出来。兰姐姐，那是个清纯的大姑娘，虽然她离开村子已经多年了，这印象却还在心里，如同尚未融化的春雪。而眼前这位，大墨镜遮掩住半张脸，唇红得像刚吸饱了血。最重要的是兰姐姐脸上清清白白，嘴角哪有这颗痣，多碍眼,像黑芝麻。

哈哈哈,黑芝麻,你真逗。女人明明笑着,笑声却戛然而止。你那核桃是要送给罗三的吧?别天真。就一包核桃,怎么可能上到四十九楼。

女人说,你交给我吧,他今晚会去我那儿。

尽管有些疑惑,却还是把核桃给了她。人家何必骗这一包核桃呢。人家手上的钻戒都要比核桃大。可是,你,又是怎么找到罗三的呢?

我?女人笑。我在酒家找到他。啊不,或者说,我被他找到。

走出大楼前,有点不放心地回头看了一眼。大厅里人们交织穿梭,自称胡小兰的女人已经不在。而因为心里怀着挥之不去的疑惑,回去时终于又迷了路。

今天不是周三

今天不是周三,老瘸还是坐上了这趟车。

老瘸就是那个每逢周三特价日,一定坐上第一轮购物班车到商场里买两公斤特价鸡蛋的老头。这是儿媳妇指派下来的差事,老瘸看来很乐意。他拖着瘸腿蹭四层楼,花个把小时排队买蛋,再花二十分钟排队结账,之后还得提着两袋鸡蛋颤巍巍地爬四层楼回家。

老瘸的成就感当然不是来自鸡蛋,他只是喜欢坐上这购物班车。周三早上的班车总是挤满人,到他上车的时候,已经挤得连站着也很困难了。可是人们很好,每次都会有人给他让座。他们男的女的,都叫老瘸大爷。大爷你坐你坐。

可今天不是周三,商场的鸡蛋没特价。老瘸却仍然要去买鸡蛋。他带上他的小本子——他总是随时带着的，很残破的小本子。老瘸常常把它掏出来，一页一页地翻，小心翼翼地看。因为这一串动作看来有点神经质，老瘸的儿子媳妇才会疑心他藏了些钱。他们以为他在记账。记什么账呢？你这年纪存钱来干什么？况且你没交代好，万一有个三长两短，这些钱岂不都要烟消云散？

就今早，老瘸从衣袋里掏出他的小本子，向儿媳"交代"。那上面密密麻麻地抄了些老朋友、老乡、老邻居的名字，以及他们的电话地址。以及许多姓名电话地址上面画的大交叉。

"老赵昨天去了，我想做个记号。"

因为冤屈了老瘸，儿媳妇有点过意不去，于是便想到叫老瘸去买鸡蛋，好让老瘸开心。而因为今天的鸡蛋没特价，她只要老瘸买一公斤。

"还有，路上小心。城里人可不同乡里的，别惹，你惹不起。"

于是老瘸怀揣着十元钱和他的小本子出门，他慢慢走下楼，经过每一道深锁的门，听到每一道门里似有若无的人声。老瘸用了走这四层楼的工夫，想他那小本子上的事。那小本子里还有几页空白，他怎么就不能填上一些新名字？城里人……至少，班车上的人很不错。

可今天不是周三，班车上没有多少人。老瘸从前门上车，看见人不多，都零零落落地坐在靠前的座位上，只有最后面高起来的一排无人问津。老瘸拖着瘸腿跟跟跄跄地走过去，他认得这些乘客当中的几个。奇怪的是这些人都像没看见老瘸，他们朝外坐的便跷起腿堵住了里面的座位，靠窗坐的又把个什么包包或购物袋搁在身边的位子上。有人看了看老瘸的目光，又低下头去查看手机短信，或是别过脸去戴上随身听。

因为无人让座，老瘸就这样跌跌撞撞地走到尽头。他坐下来，看着人们凝固的背影，有点怀疑自己上错车。

看来还是周三好，周三的鸡蛋好，人好。老瘸像其他人一样转过头去看窗外的风景，也把握在手里的小本子，放回衣袋里。

回家

2009年1月15日，通过举报人提供的信息与当地公安的配合，我们终于成功把犯罪嫌疑人抓捕归案。

在当地的一家医院里，我亲手给病床上的他戴上手铐。

"七年了，"我说，"我们来带你回家。"

犯罪嫌疑人浑身一颤。

据医生说，这人患有严重的失眠症，身体状况很差。

这点我们可以看出来。他太瘦了，眼眶深陷，而且精神十分紧张，以致心律不整，呼吸急促。像绷得太紧，随时会断裂的弦。

上一次断裂，他杀了自己的妻子，重伤一个男人。

七年的失眠症把他折磨得不成人形，要不是有人举报，别说我们不可能把他认出来，就算是让他的父母亲眼看见，也未必能够辨识。再说，他的父母实在太老了，母亲还哭瞎了眼睛。

在犯罪嫌疑人的住处，我们循例搜了一下，在一个铁罐子里找到几张火车票。五年了，每年春节前他都会买一张回乡的车票。

在检查那些车票时，他轻声地说了整个过程中唯一的一句话。"早知道你们会来，我今年就不必去排队了。"

我们用警车把他送回来。十几个小时的车程，他一直在高度紧绷的状态中，完全没有合上眼。倒是我们几个同事累得不行，必须轮流休息，交替看守。

直至凌晨时车子进入境内，要经过他家的村子。

他忽然挺直腰背，两手紧扣，怔怔地凝视着那个方向。那个黑暗中的远处。

车子都已经过去了，他依然要回过头去。

我那时正在半梦半醒之中，依稀听到车厢里有人长长地叹了一口气。

抵达派出所时,天刚破晓。我伸了个懒腰,回头看看后座的犯罪嫌疑人,他合上双眼,斜着头枕在车窗上。

阳光像一张落叶掉在他的脸上。我听到均匀的鼾声。

偷

老林不喜欢这点子。

他见过那个"华文老师",小孙女说,喏,Cikgu哈米娜。

"Cikgu哈米娜"这称呼听着别扭,就像这个点子本身,不伦不类的,是个怪胎。

孩子的父母倒无所谓,还感到挺新奇的,说有电视台拉队来拍上课实况呢。华文老师戴头巾,穿Baju Kurung,嘴巴大大的,像哪个马来女歌星,说的华语每一个音都拉得很长。

小孙女问他,Baju Kurung华文叫什么呢,爷爷?他翻了个白眼。"窟窿长衫。"

孩子的父母都兴奋地等在电视前,要在那剪成一分钟的新闻播报中,找出孩子惊鸿一瞥的脸孔。

老林冷哼，说他不喜欢Cikgu哈米娜把华语说得像唱歌一样。

"比唱的还好听呢。"孩子的妈妈说，"人家在北京学了四年华语，很正宗的。"

唉，他们这一代……不懂。

路口那一档孟加拉国外劳炒的福建面难道也正宗吗？那孟加拉国仔跟着福建佬当头手，也炒了三几年了。

他的媳妇向来爱抬杠，她撇嘴，说后面街的痘皮婆不是河婆人吗？她卖的海南鸡饭很好吃啊！爸你自己不也天天吃。

小孙女眨巴着眼睛，看他的脸慢慢涨红。

你们不懂，你们就不懂。"好吃"不等于正宗，不等于地道。

差了一个时代就这样。什么警觉心，什么危机感都没有了，就只知道每年一度穿红着绿地去参加大集会。现在谈的事可是母语呢，是文化啊。五千年的传统，怎是一盘海南鸡饭可比？

"那好吧，你们等着看，有一天让孟加拉国人教你们的孩子炒正宗福建面，煮正宗肉骨茶。"

为这个，老林连着生了几天闷气，却也不晓

得到底在生谁的气。白天顾店的时候脸臭臭的，谁也不敢惹他。唯一不识相的是印度老头苏里，这家伙干干瘦瘦，脸上的皱纹纵横交织，自成笑容。平日他常来店里买些零零碎碎的让人赚不了钱的东西，也有人背地里说他手脚不干净，却因为一口华语和几种方言说得比谁都流利，多少让老林感到亲切，好像也感到被恭维，所以平时见到苏里总爱撩他说说话，听他用泰米尔腔把华语粤语说得大珠小珠落玉盘。

这苏里还真仗着巧舌如簧，今天下午为那一毛五分的事，站在收款机前与老林争执。他话说得越顺溜，老林就越生气，呼吸变急，思路和语言便频频顿挫，几次被苏里抢白，把他滚到舌尖却突然消失了的话语偷了过去。

老林急起来，指着苏里，你你你，你跟我争这个？你别以为我不知道，每次你来，我店里总少了东西我都没跟你算呢！

不知怎的，忽然有那么一刻他觉得苏里说的这些语言，有不少是过去许多年在他这儿学的。

事情并没有闹很大，但邻里很快传开，家人也都知道了，也才觉出老林这些天的躁郁。儿子媳妇遣小孙女来安抚,那小女孩拿着学校的习字本过来让他看。今天写的什么字呢?小孙女嘟着嘴念,小指头一个字一个字地点算——我,们,都,是,一,家,人。

"Cikgu哈米娜说我的字写很美哦。"

老林看了一眼。顶端那一行蓝笔写的字确实端正秀丽,应该是那个什么哈密瓜老师的字体吧?下面铅笔写的字大多歪歪扭扭,那个"家"字头上还少了一点,老师却没看出来。

或者是看到了却没点出来?

唉。老林不喜欢的,就是这一点。

海鸥之舞

舞台很简陋,舞蹈员很老。

灯光很亮。

这灯照太强,打得太不专业了,竟像是有种放大镜的效果,突显了舞台上一切细节的粗糙。

布景上斑驳的油漆,衣裙上洗褪了的颜色,老人们脸上抹不均匀的脂粉,脂粉底下清清楚楚的年轮。

还有那怎么也遮掩不住的,他们喜不自胜的笑。

那笑自然是见牙不见眼的,当中有的人连门牙也没了。台上六男六女十二个老人家全是天生的盲人,这次受命为残疾中心对外的活动组团献艺,跳一支《海鸥之舞》。

这舞,我已经看过许多遍了。我看的是老人

们的排练，两个多月里多少个汗流浃背的下午啊，老人们气喘吁吁，瞎子摸象似的跳着各人自以为是的海鸥。其实那舞蹈设计得十分简单，但我看着他们从最初的乱成一团，经过了无数次磕磕碰碰，有人摔过跤，也有人累得哮喘病发，好不容易才算跳得有模有样。

那"有模有样"当然是十分粗糙的，就像这舞台一样，但这些失明的老者不会看到。事实上，直至前天最后一次排练，老人们喘着粗气，一边揩汗一边听那指导老师形容他们跳得有多好看，又充分表现出海鸥坚毅勇敢的精神云云。那老师跳舞的造诣可不怎么样，说话倒伶牙俐齿，总有源源不绝的形容词。老人们大概不晓得"好看"是个什么境界吧？大家却十分受用，都听得眉飞色舞，似乎只要话从那老师口中说出来了，便真能有海鸥飞入他们漆黑的想象。

指导老师说的，今晚的舞台会布置得十分华丽，背后的大布幕会播映着海浪，他们穿的衣衫会有珍珠般的光彩。

所以那些老人才一个劲儿地叫我来捧场，还叮嘱我记得带上相机给他们拍照。

这舞曲全长才五分钟，可因为舞台的寒碜，老人们的舞姿特别显得笨拙，还有台前那几个破音箱烂透了的效果，音乐被它筛过，听起来宛如一片嘲笑的声浪。我不知怎么很替老人们感到窘迫，心里只希望时间能快些过去，让这一支看着别扭的舞蹈早点结束吧。

不知道是哪里出的差错，也不知是谁的刻意安排抑或纯粹巧合，正当我忽地想起老人们的叮嘱，连忙掏出相机来往台上对焦，就那一刻，毫无预警地，全场灯光突然熄灭。那黑暗来得骤然，我的眼睛，相机的眼睛，台下所有人的眼睛忽然与世界失去联系。观众席上响起了一小片聒噪，大家左顾右盼，努力睁大眼睛想要适应这黑暗。

也许是因为音乐一直未歇吧，人们压低了鼓噪不敢声张，只有静下来听那舞曲在破音箱中沙沙地响。也不知是谁在哪个角落忽然按了一下相机，镁光灯闪电似的给了一刹那的光明。就那电光石火之间，我们赫然发现老人都还在台上，舞者在，舞也未曾停下来。

那真像一张黑白照片啊，场中所有的杂音马上消沉下去，刚才那瞬间的影像却还残留在暗中。

我们在那种苍白得月光似的明亮中看见了之前所没有发现的细节，老人们紧闭着眼，咬着牙关，汗珠一串串地挂在额脸与脖颈上……

我愣在那里。这舞我是看过许多遍了，然而刚才那画面看着却十分陌生，像是我一直不断地错失了的部分。

人们完全安静下来。安静下来便听到了，老人们踏踏的脚步在舞台上纷纷踏踏地响，音箱里的沙沙声听着像一卷一卷海浪在岸上摊开。

不说了，我无法告诉你那黑暗里的内容，还不如让我举起相机吧。从这时候直至曲终，这里那里，镁光灯接连地闪，直把那舞台照耀得如同白昼。

辑二 只应天上有

人寰

便如此开始。宽衣，解带，沾水，揩干，穿衣，扣纽。

这一套动作，已经习以为常了，连老人的体味也是熟悉的，有汗酸，有尿膻，有咸，有馊。掌心和指尖触抚到的身体，仍是那么干旱，榨不出一滴水来，唯眼角悬着有泪，很慢很慢地，渗入两颊皮肤的纹理内。

老人中风瘫痪以后，手脚都这么僵硬；问他，痛么，痒么，都只是昏眛着眼睛摇头。怎么会不痛不痒，背脊的皮肤已经开始溃烂了，很臭，有脓水，浸洗过的被单仍然透着一股异味。还有便溺，拉的屎稀糊糊，尿液少而浊黄。便就这样，老人和她，都像纸尿片一样，无语地承受着生命的重量。

家人也有微言,很臭啊,气味从门缝钻出来了,而且老人痛的时候还会呜咽,多半是在夜里,味道和声音都挤进大家的梦境。早上谁说昨晚梦见死亡了,谁又说梦见一大摊的血。连带对她也嫌恶起来,妈妈你的手,刚替房里那人揩过身子吧,才换过尿片吧,别碰我们。

哥哥说,现在你知道了吧,多难伺候。真的很难,那么干瘪瘦削的身子,像一张晒干的人皮裹着几根骨头,却重得离奇,而且一日比一日重,连抬动一只手臂都难了。她说,太重了,等到有一天再也抬不动,我就放弃吧。老人家大概也这番心思,呼吸越来越困难,间有哮喘,好像空气很重,肺叶不能负荷,总有一天再也吐纳不了这些沉甸甸的空气吧,那我只好放弃了。

医生摇头,他说,你们唯有放弃了。病房里只有她一个人哭,兄弟姐妹都木着脸,有人嘘了一口气,也好,都解脱了。那时老人还没离去,嘴角有唾液淌下,这一觉睡得有多馋,再没有醒过来。她伏在床沿抽泣,丈夫的手触摸她的背脊,掌心有话传来,别哭了,顾着自己的身体。她哭累了便昏昏沉沉地睡去,醒来时有一个四天三夜的丧礼等在外头。哥哥姐姐说，你给他洗一洗吧，只有你能做了。

仍然是那一组相同的动作，死后的身躯依然有着生前的气味，汗，尿，屎，唾液，脓汁。她如常演习，不轻忽也不特别卖力，只是那躯体仍然沉重，灵魂不是已经走了吗，怎么好像又比往日重了一点。她纳闷着深深吸进一口气，咬紧下唇，很用力地摆动老人的遗体。

孩子就是在那时候突然抢着要出来的，她痛得蹲下身子，两手紧紧抓住老人的手腕，像是要把那尸体里面最后的意志都榨出来。很痛，腹部重得像有什么要坠下，羊水决堤似的流出。

听说入殓时，老人忽然变得很轻，几乎等于一张薄皮裹着棉絮。她觉得不可思议，想着以后该怎样把它当成一个奇谈似的，说给孩子听。现在孩子已经不必躺在氧气箱里了，她将他抱回家，把老人以前的房间改成婴儿房；挂在婴儿床正上方的风铃总是丁零零地响，和着孩子的哭声，夜里渗入一家人的梦中。

有人还在梦中看见死亡和血，但已经和老人无关。她照旧翻动着谁的身体，忍受所有污秽和不堪。这一套动作多么自然，真不觉得有什么好抱怨的，如果有，也只是这孩子越来越重了，她便想，这样下去，总有一天她不得不放弃。

像往常一样，先把纸尿片脱下，再给婴儿宽衣解带，用沾了温水的毛巾替他把身子揩抹干净，然后换上清洁的衣物，扣纽。最后，她挽起水桶和该扔掉的纸尿片，朝尿片上印着的泰迪熊瞥了一眼，便如此结束。

众·人

那个女孩叫她"大姐"。她听着有些不惯，但瞥了一眼，也真是个小女孩。二十岁左右吧，叫她大姐并无不妥，只是她向来少与这年龄层的孩子打交道，才会觉得不自在。

女孩是来打听的，这里做人工流产要多少钱。想来是刚才登记时被这女孩听见了，她有点被侵犯了隐私的不悦，因而推说不知，得问问医生。女孩犹不识趣，连着问了其他有的没的。她有点烦不过来，便随口回问，你呢你到这里来干什么。女孩低下头，似乎很用力地注视手上的挂号单，忽然又有点神经质地回过头来对她笑。

"跟你一样啊。"

然后她们两人都沉默了，似乎有过一刹那的心照不宣、体己和谅解。上午的妇科部清静得有点寂寥，仿佛只有她们两个病人。空椅子很多，消毒药水的味道在空气中慢慢毒杀各种细菌。她一直在寻思着该说些什么话，却无法确定这女孩需要什么。安慰？认同？悲悯？而她还没想清楚，丈夫已提着一塑料袋的药物回来，在她身边坐下。

女孩似乎愣了一下，然后有点无趣又像满不在乎地站起来，踱步走远。她禁不住要去看那女孩的背影。或许是因为医院太老了，走廊很阴暗，水泥地，特别衬出了那背影的年轻和孤单。

为这，她有点忐忑，觉得像是背弃了一个女孩的信任。丈夫问她那是谁，她原想说是一个来打胎的女孩，但话到嘴边，却把"打胎"两字咽下。"一个陌生人。"她苦笑。

手术安排在下午，手术前她被遣到这里那里，治疗，观察，输液。而那时候走廊上的人已逐渐拥挤。到妇科来的人都很年轻，女孩们有的孤身有的结伴，都有着出奇相似的衣着和卷发。人们谈笑风生，有人还躺在治疗室的床上，张开腿洞开自己大声谈电话。她开始感到不适应，便总是东张西望，想要在众人中找一副稍为熟悉的面孔。她想起那个说"跟你一样"的女孩，可她总找不着,仿佛她自己抑或是那女孩,已经被淹没在上午的静寂或后来的声浪之中。

　　终于在进手术室前,她们再次碰面。就在卫生间门口,碰巧女孩出来,正与另一个手上还在输液的女孩说着什么好笑的事。她朝女孩笑了笑,可女孩回她以擦身而过。她正想着该怎样消化这尴尬,听到另一个女孩问,那是谁啊。

　　"谁知道,不就是个来打胎的女人嘛。"

阳光淡淡

儿子死去那一天，阳光就这么淡淡的，缓慢而无声，渗入泳池的水中。

她想起来总觉得虚假，当时离孩子那么近，却没有发现孩子沉落水底。不过是在池畔的躺椅上假寐几分钟，阳光舔她，怪舒服的，梦在远处向她招手。睁开眼睛时，孩子已经死了。救生员把那瘦削但结实的小身躯拖上来，小脸庞便一抹紫蓝，就是那种溺死者的脸。她退了两步，怎么会呢，刚才还活泼调皮的一个孩子，还一边蹬着水一边笑。

她摇头，那不是我的孩子。目光飞掠过泳池、池畔。池水因为阳光的穿入而褪色，到处有拿着浮圈的小孩瞪着眼睛看她。一脸的同情和怜悯。

黏在她脖颈上的阳光，迅速变冷。

就这么死了个儿子，她在这种慵懒的阳光下感到哀愁。也没有人责怪她这做母亲的，可她巨大的哀恸里藏着心虚，想到儿子溺死前的恐惧和绝望，她心里崩陷一个深深的窟窿。

都怪这阳光诱人入眠。她躲在房里，只有小女儿顺从地听她说哥哥的事。女孩太小了，大概不了解母亲的愧疚和思念，却乖巧地陪她一同想象一个男孩之死；想那靛蓝色池水怎样将他裹住，又拥他到泳池底部，像邪教的祭典那样秘密处决。

女孩猛眨动眼睛，懵懂而不动情的，无法共鸣。她有点丧气，懊恼地背过身子。大白天里一个人群簇拥的场所，有人的生命如冰融解。游泳的人仍然划着水，小憩的人依然酣眠；救生员在与穿比基尼的少女谈论天气，没有人察觉。你哥哥就这样死了，她幽幽地说。

这时候，母女两个听到屋外有人叫门。她透过百叶窗看去，瘦小个子的一个印度男孩，抱着皮球，一直在摇晃她家的铁门。是儿子的同学，很黏性的一个朋友，近乎痴缠了。她对这孩童常感到不耐烦，丈夫也是，于是视线里出现丈夫的背影，走前去打发他走。

"李健明在家吗?"男孩常常被驱逐,看见大人便不经意地挺直身子,咽一口唾液才说话。丈夫对男孩胆怯而憨直的表现感到愕然,说不出话来。他摇摇头,做个手势示意他走。

男孩抿着薄薄的唇,很不罢休地跨前一步。"叔叔,李健明到哪里去了?他已经三天没来上学了。"

丈夫照旧不语,似乎在迟疑着该怎样回答。男孩倒是焦虑地抓住铁门,大声问:"是不是他生病了?同学都很想念他。"丈夫再摇摇头,把手从铁门的间隙伸过去,触摸男孩的平头。"不是,他去外公那里了;很远很远的地方,要很久很久才回来。"

男孩似懂非懂地点点头,目光中隐隐闪着狐疑。他不知道该追问什么,又并住两脚立正,深深吸一口气。"李健明回来了,叫他快快去上学,我等他。"说罢回身走,黝黑的一个影子闯入街上淡淡的阳光中。突然又回过头来,傻气地搔一搔头,大声喊"谢谢叔叔——"。那身薄薄的,飘摇,仿佛剪纸,被阳光穿透。

丈夫怔在那里好一会儿才进门,她已经抱

着女儿站在厅里,相望,两人的眼眶都红了一圈。只有女儿不动情,眨眼睛,一边用童稚的腔调对她耳语:"如果这哥哥也去游泳池,他一定会看见。"

窗外阳光满溢,似乎随时将拟态而入。

童年的最后一天

夏日炎炎,黑狗炭头是那样走路的——蹑手蹑脚,舌头伸得好长。好长,几乎要触到路面了。哈。

大太阳让上学的路变得漫长。炭头一路上嗬嗬嗬地努力呼吸,直至走到学校门口,女孩拿手上的野芒草抽一抽它的头。去吧,放学时再来。炭头才转身往回家的路上嗬嗬嗬地走。夏日的阳光让炭头看来比平日黑得更纯粹一些,皮毛发亮,长尾巴竖起来扇啊扇的,像在赶苍蝇。也像妈妈坐在病榻上摇蒲扇的动作和节拍。夏日的夜,纳凉,赶蚊蚋,驱不走的郁闷。

炭头是在妈妈犯病后才来的。女孩那时误以为是只小猫,把它捡回来。爸爸不喜欢炭头,他说狗毛会让妈妈的病加重。女孩听话把小狗丢弃,可它自己循路回来，女孩就再也舍不得了。不依不依不依！她一脸倔强，把小狗紧紧揣在怀中，爸没辙。邻居说自来狗是好兆头，而小狗还真适时地在家里发现了借宿的毒蛇，汪汪汪，算是救了大家的命。妈先心软了，爸也就无话。从此家里多了条狗，黑不溜秋的，叫炭头吧。

炭头真黑，浑身不夹半丝杂毛。只有眼珠略带棕褐，像两枚琥珀色纽扣钉在一团黑绒上。这双眼睛就那样看着女孩一年一年长大，也陪女孩一起凝视妈妈染在墙上的身影，以及爸爸愈来愈精瘦黝黑的背脊。

妈妈到医院去的次数日益频繁，留诊的时间愈来愈长。上门来讨债的人似乎多了些，勤了些。也有热心的邻里打听了各种偏方，或送来一些奇怪的野味与草药。爸爸傍着炉灶静静地熬药和抽烟。隔壁家的大娘经常过来，还在说着一大堆偏方的名目，不时瞟一眼炭头。还差一味黑狗血啊。

女孩听得毛骨悚然。她回过身来狠狠地瞪着那大娘。爸爸却沉静地看着自己吐出来的烟雾。夏日，只有知了在外头穷嚷嚷，像无休止的抱怨。

知了的喧闹，在课堂里也听得到。女孩有点

烦。好不容易等到放学的钟声响起,她收拾书包走到门口。那里人很多,人声比知了的叫声鼎沸。她没听到炭头的吠声,没像往常一样,有一只黑狗摇着尾巴向她奔来。女孩只看见爸爸站在前面的树荫下,难得地,没有抽烟。

那一天,爸爸陪她走回家的路。女孩什么也没问,沉默地让爸爸牵着她的手。只有在半路时她忽然想起炭头伸长舌头蹑手蹑脚走路的样子,才忍不住把手抽回,咬着唇狠狠地擦眼泪。

幸福时光

我总爱问,那里面有什么?

我小小的手指指向那一张书桌,书桌右边有一个抽屉总是上了锁。

那里面有时光,幸福时光。爸爸说。

时光?时光?我想起漫画里小叮当的抽屉,有一架时光机停泊在那里。

爸爸骗人。我又不笨,我当然知道,怎么可能锁得住时光。

爸爸笑。他把我和我的洋娃娃抱起来,让我们坐到他的大腿上。

我还是有点不情愿,不断拧过头去看那个神秘的抽屉。天黑了,天亮;天亮了,天黑……幸福时光果然都被锁在抽屉里,妈妈果然没有回来了。

书桌上的光影如一台老风扇在慢慢旋转。

这样日复一日,直至隔壁家的林阿姨掀开一帘暗影,搬到我们家来。爸爸要我喊她妈妈。我做了个鬼脸,不说话。

林阿姨有点窘,她走过去把房子的窗户全打开,阳光一股脑儿涌进来。

家里从此变得明亮,只有那抽屉的内容一直藏在幽暗之中。我告诉林阿姨,你不准碰!那是爸爸的,我的,我们的时光。

林阿姨笑得有点尴尬。可她真的不碰。她每天把书桌打扫得一尘不染,很干净。有一天晚上爸爸工作累了伏在那里睡觉,就这样不小心睡死了。早上我去喊他,看见他脸上印了浅浅的笑意,肩上还披着林阿姨夜里为他加的毛毯。

以后家里的环境变得困难了,林阿姨不得不出去做点小营生。她早出晚归,但房子却似乎常年储存着阳光,总是窗明几净,温暖得让我几乎忘记了自己是个孤儿。

爸爸的书桌一直都在原地,然而开启那抽屉的钥匙却一直找不着。在考上大学以前,我每天都坐在那里温习功课。光影如潮汐般退了又涨,感觉就像是小时候坐在爸爸的大腿上。深夜时林阿姨常常亮了一盏小台灯在那里结账,有时候她也会累倒。我早上醒来看见那伏在案上的背影就感到害怕,总会在她背后怯怯地喊,阿姨,阿姨。

一直到我大学毕业,工作了。有一年春节时回家,夜里又看见那坍塌在书桌上的身影,右手还挂在那抽屉的把手上。仿佛噩梦重袭,我忽然又感到无比害怕。那是第一次,我走过去,推她的肩膀,唤她,阿姨……妈!妈!

就在那天,妈妈给了我那抽屉的钥匙。她说这是爸爸早说过的,等有一天我愿意喊她妈妈了,才把钥匙交给我。

我打开它了。里面什么都没有,几乎是空的。只有爸爸留给我的一张字条,上面有爸爸那熟悉的字迹,写着"你长大了,懂事了。爸爸很高兴"。我脑袋空空地在那里坐了一整个上午。是的,一整个上午。直至窗外那初春微凉的日光,终于把抽屉斟满。

唇语

一般是唐诗,老师偏爱杜甫,"君不见,青海头,古来白骨无人收……"

同学们都噤声,有的假装低头抄写。老师锐利的目光掠过每个人的脸,终于停在你的脸上。你也不害怕,"新鬼烦冤旧鬼哭,天阴雨湿声啾啾"。是《兵车行》,再长一点的你也能背,白居易的《长恨歌》,老师念到"蜀江水碧蜀山青,圣主朝朝暮暮情……",抬头来瞥你一眼,听到你接下去念"行宫见月伤心色,夜雨闻铃肠断声"。

说"听到"似乎不对。其实你只有嘴唇微微翕动,根本没有发声,但老师似乎懂得唇语,微笑着点一点头。

你的要求也不高,就这样看见老师赞赏的眼神,便满足了,可以高兴一整天。同学们觉得奇怪，你这样也算回答了吗？可是他们并不追问，你的脸又冷又长，总是独自躲在角落里看书，看什么《红楼梦》《金瓶梅》，那些书透股霉味，把你裹在里面，他们笑说那是尸臭，而你像棺材里爬出来的死人。

你不知所措，抿着嘴继续看书。看书可以掩饰你的不安，像辅导老师说的，有些人伤心时会躲进房里，而你躲进书里。你傻笑，伤心吗？辅导老师未免夸张了，你只是一个少年，不识愁滋味，只因为太早看书又看太多了，语言的表达能力还未完全建立起来，便已经开始退化。

当时你可没这么说，你只是一贯地沉静着，腼腆地垂头，玩弄自己的指甲。连老师们也把你当怪物看，那个文二班的李天明啊，阴森森的样子叫人不寒而栗。你当时站在教员办公室门外，有点失魂，不知还该不该进去。

这些记忆让人感伤，你只是一个沉默寡言的少年，想不出这有什么可怕的。也不因此憎厌别人，你只是更沉静了，把头深深埋进书里。老师们还是那样说：那个文二班的李天明啊。直到——什么时候换了一个华文老师，一个头发灰白的中年男人，竟然不按着课本教书，却总爱叫大家翻开《唐诗三百首》。

你仍然坐在靠角落的座位，头俯得低低的。只有在回答老师的问题……其实老师也没问，只是让念着的诗文戛然而止，眼睛往同学的身上扫描。他第一天就发现了你，因为你的嘴唇微动，把未完的诗念下去。蜡烛有心还惜别，替人垂泪到天明。

真怀念这段时光，可惜两年后你就毕业了。华文和中国文学都考了特优，发榜日回学校拿成绩，远远看见老师经过，朝你笑一笑。那笑容里有称赞的意思，你反而耳根发热，有一句话想说却说不出口。抬起头来，老师已经走远了，目送他进入别人的课室，那里传来长长一卷"起立，行礼"的声音。

你站在原地，忽然意识到你跟老师缘分已尽。回家时猛踢着路上的汽水罐，因为没有对老师说出那一句"谢谢"，你闷着发了几天脾气。

年少的回忆其实很单薄，但这一段的印象非常深刻。你仍旧爱阅读，在书堆里渐渐长大。自闭症不知怎么慢慢痊愈了，可能因为常常要跟学生对话，你逼着自己开腔，后来竟然变得多话起来，常常与学生谈笑风生。现在的学生华文程度都不好，你有意无意地在班上搜寻那一张面孔：那个懂得把每一首唐诗接下去念的人，可是多年来一直没遇上。

如果再见到老师，你一定要把这个遗憾告诉他，当然也不可以再漏了多年前没说出口的一句"谢谢"。你推开房门，一个老妇人迎上来。你是早上拨电话来的李天明吧，真有心，现在很少有这么好的学生了。

你羞赧地笑，称呼她师母。抬头看见病床上的老人家，头发快要掉光了，打着点滴，湿润的眼神似乎忧伤。妇人摇摇头，说他上个月中风后一直这样，连话也说不出来。说着要喂他喝水，但老人家咿咿呵呵，吐出来连成一团的声音，像一口浓痰。

妇人眉头微蹙，不知还该不该把吸管塞进他的嘴巴。你忍不住走上前，对师母说："老师嫌这白开水淡，想喝菊花茶。"妇人愕然，却看见病床上的男人慢慢扯动他脸上僵硬的肌肉，微笑。

迁徙

"这种壁虎,我们那里也曾经有过。"

他说这个的时候,她正在做书本上的练习题。听他那么说,她本能地抬起头来,追随他的目光看一看天花板上爬行的一只壁虎。她有点茫然,为什么说是"这种壁虎"呢?她问他,不是哪里的壁虎都一样吗?

当然不是。他笑,仿佛觉得她不懂事似的,用手拨一拨她的头发。告诉她,这种"体形小但声量很大的壁虎",大概是随着东亚的商船漂洋过海,去到他们那里。"它们的繁殖力很强,以前都没出现过的,突然间到处都可以看到。"

乘船啊。她笑着说,那真的很远,要多久啊,去到以后,也许已经记不起自己的家乡了。

他明白她在说什么。这一回,他爱怜地抚弄

她的头发。不会的,你不会忘记这里,而且你可以随时回来,回来温习你的家乡;不乘船,乘飞机吧,三十个小时就到了。

真体贴。她感到甜蜜了,心里宽了些。要不是看到手上的书本,她必然可以更投入一点,也更坚定地相信自己做了正确的选择。不知这些壁虎在你们那里有没有语言障碍。对了,壁虎,你们那里是怎么说的?

你别傻。他把她拥入怀里。壁虎,我们叫lagartija。她跟着念,一遍一遍,真讨厌那"r"的颤音,你们还有"rr"呢。可怜我们这里的壁虎。

听到这种孩子气的话,他忍不住放声笑起来,也把她搂得更紧一些。她把头埋进他的胸膛,是的再抱紧一些吧,真不愿去想,也不愿记起前两次听他跟家人谈电话时,那种半句话听不懂的……隔离感。

有点怕呢。太遥远,太陌生,太孤单。去到那里以后,似乎除了你,我便一无所有了。她越说声音越小。就连语言,我也得重新来过。

听不到了,你在说什么?他问。

她没回答。在他怀中继续沉湎,那幸福感是

浮动的，如此的不确定，她接近喃喃自语，问他，却不经意地用了华语。你记得吗，我跟你说过有个男人当着他妻子的面，用他妻子听不懂的语言告诉我，他已经不爱她了。多可怕，是不是？

嗯。你到底在说什么？他再问。

她昂起脸。笑着用英语问，后来呢？你说你们那里曾经有过这种壁虎，它们后来到哪里去啦？

他耸耸肩。不知道。只知道慢慢越来越少，后来几乎消失了。有人说，是原来在那里的壁虎把它们吃掉了。他几乎有点自豪地说，我们那里的壁虎，本来体形就大得多。

哦。

她有点疑惑，这"哦"在他们那里也是这样表达的么？

大哥

他是个好人。

她一直称他大哥。喊他的时候,心里可比她母亲念阿弥陀佛时更虔敬些。

但出其不意地,他抱住她了。她的大哥。

她明白那拥抱的含义。尽管那含义本就是含混不清的,既复杂又原始。

她已经不再是懵懂的女孩了。大哥抱得她那么紧,完全没有松开的意思。即便她心里没反应过来,她的身体也立即明白是怎么回事。

这已经和当年不一样了。当年大哥在火车站里抱过她一下。那是礼节性的,像亲人告别时的拥抱。那时大哥才刚卸下替她扛的行李,脖颈上全是汗水,衣襟上有股呛鼻的汗酸味。

"快去快去,车要开了。"他飞速地抱她一下,像是只为了用衣襟印去她刚刚溢出眼眶的泪。

她上了火车才明白,刚才那一抱,大哥往她的衣袋里塞了一小捆钞票。

那时候大家的生活都不容易啊。

那拥抱她一直记在心里。也不真的具体记得住什么,毕竟抱得那么轻,那么短促。但她执着地以为自己记住了,味道吧,可能是温度。

以后这些年她在城里挨了许多苦,受过许多欺凌,怎么能不长大呢?为了求存,也曾有意无意地让好些男人占过便宜。但她心里总有个好大哥,身子汗涔涔,衣衫臭烘烘,却干干净净地抱了她一下。

他是个好人。她总想,以后真要嫁也得找这么个人。

这次他到城里来办点事,顺便给嫂子买点女人家的东西。她到车站接他。比起之前回乡看见他,觉得这两年间大哥稍微胖了,但脸上的笑纹很深,像是两口酒泉,会自动溢出醉意来。她也察觉到大哥身上的衣服光鲜得很,还穿上新皮鞋。中午在饭馆里,他叠着手让一个脏兮兮的妇人把鞋子擦得亮铮铮。尽管他不说,但这几年搞的杂货生意肯定弄得很不错。

这样很好，好人就该过上好日子。她没忘记大哥过去对她的照顾，帮她逃家逃村逃乡，逃过了他们山里许多女孩都逃不过的劫数和厄运。这两天她便特意请假，领着大哥四处奔忙，把事情一一办妥。今天下午去逛商场，她还给嫂子买了条真丝围巾。很贵呢，她都舍不得给自己买。可她是真想嫂子欢喜，她就希望嫂子能像她一样，知道这男人有多好。

但就在前一刻，当她正专注地给大哥示范该怎样弄那丝巾时，他突然抱住她。

那是在他下榻的宾馆里，窗门微微敞开，夏季的热浪与街上的人声车潮从外面涌入。房里灯光昏黄，她瞥见梳妆镜里浅薄而朦胧的身影，有点认不出镜里的人。她闻到他身上的汗味，却说不出来那气味跟以前有什么不同。

是不同了。即便她的心里未明朗，她的身体却本能地挪了一挪，想要挣脱。但镜里的男人把女人抱得更紧些，还把脸凑前去吻她的脖子，有一只手顺着她的背脊往下移……

她奋力推开，失声哭喊起来。

窗微微敞开着的,楼下或许会有人听到吧。事实上也真有两个在吃羊肉串的女孩抬起头来。

听见吗?

什么?

街上很喧嚣,城市很大,楼很密集。就在某个亮灯的房间里,似乎有人凄厉地喊了一声。

大哥——

同居者

在这屋子里住了快十年,直至几个月前水管坏了,她才发现。

修水管的师傅向她展示那些对象:衬衫,袜子,香烟,杂志,半瓶矿泉水,还有一只小抱枕。

"有人住在那里。"水管工说出他的结论。

她望着天花板,刚才水管工攀上去的地方;那不到两英尺见方的黑洞,里面一片漆黑,她心里毛毛的,又觉得难以置信,怎么可能呢?太耸人听闻了吧。

可水管工手上的证据又让人不得不相信,真有人住在她家的天花板上。那人是怎样做到的呢?晚上,像个忍者那样飞檐走壁,掀开瓦片蹿进去?

水管工耸耸肩,两人胡乱做了些猜测仍百思

不得其解,最后水管工问她:"要不要报警?"

她愣了一下,再看看那黑洞,很用力地思考了十多秒,最终对那师傅说:"得了,我会自己去处理。"

她却是没有去处理的。待水管工把东西放回去,盖上天花板;她付给对方修水管的钱,送他到门外,过后便锁上门,躺在沙发上凝视着天花板。她想,那住在天花板上的人应该没想过要伤害她吧,要真有那样的动机,也实在没什么好犹豫的。她一个独居的单身女子,每天下班后把自己重门深锁在这屋子里,看电视,做一个人的饭,洗澡,看电视,睡觉。倘若在这里发生什么不测,大概要等尸臭溢出来了,才会有人发觉吧。

要是没有危险性,她倒喜欢那样,有个人和她住在一起。是吧?嗯,是的。从那天起,她忽然变得开朗起来,给自己添了好些颜色亮丽的新衣服和化妆品,每天下班后更想赶回家了。她把电视开得大声一些,睡前还会开一点轻音乐,然后钻进被窝里聆听天花板上的动静。那人在吗?喜欢这些音乐吗?有没有在窥视着她呢?

她真没想过要去查个究竟,怕最后揪下来的

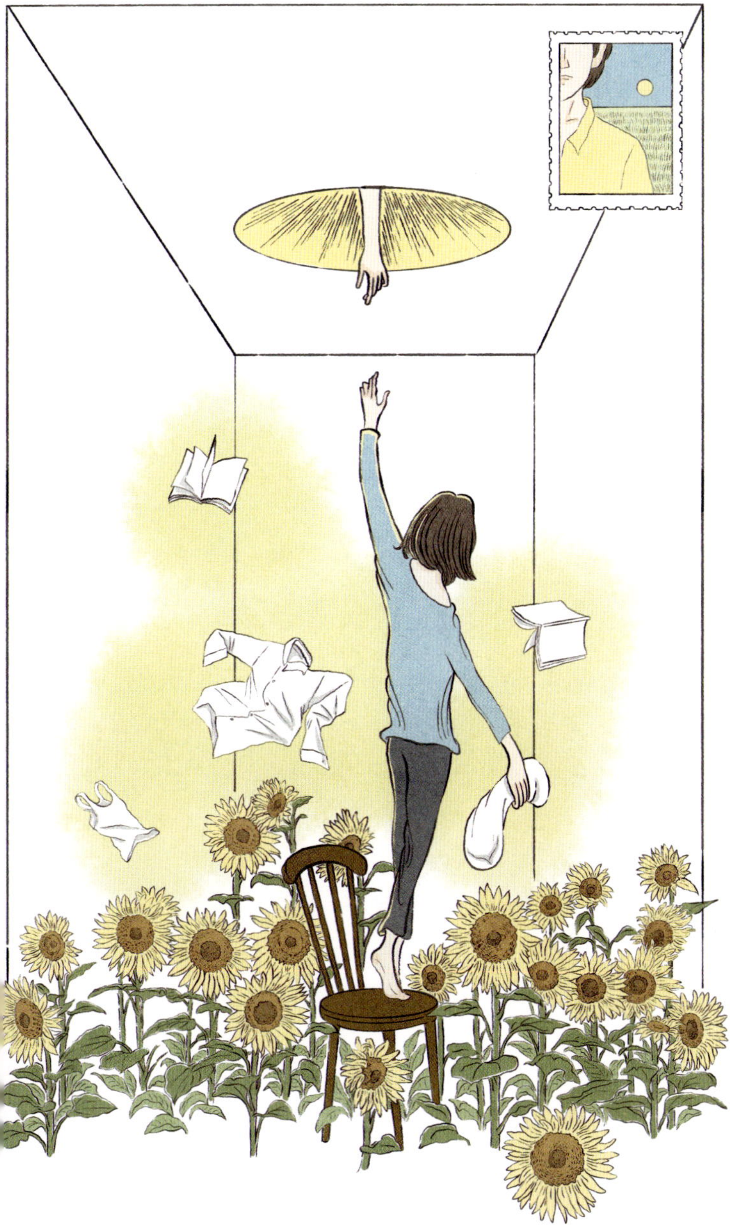

那样就好了,她有一种与人同居的感觉,那几乎是一种幸福感,起码不再孤单。

是个蓬头垢面的疯汉,或者是个十分不堪的老头子。那样就好了,她有一种与人同居的感觉,那几乎是一种幸福感,起码不再孤单。她甚至在做饭的时候,想到要多做一份,然后她摇头笑自己傻,并同时感到快乐。

要不是碰见那邻居,她应该可以一直这样快乐下去吧。但她毕竟遇上了,是同一排屋子的某一户人家,有个男人。她周末早上去菜市,经过那屋子时,听到男人对隔壁的邻居大声说话:"这畜生是很乖,就一点不好,它常常把家里的东西藏起来,衣服啦,枕头啦,有些都找不回来了。"她心头一震,脚步加快了些,始终不敢转过头去看。

她一边走一边想,这地方真叫人厌倦,也许该搬了。

死了一个理发师

报上有讣告,她看到那个理发师的人头照。

仍然在笑,眼里闪烁着自信的光芒。她再熟悉不过了,每次映在镜里的这张脸,盈盈地笑。你看这发型有多好看,你随便梳一梳就可以出门了。

她不置可否,却陪着他笑。现在才确定了那笑是发自内心的,因为一个人如此欣赏她的头发,总是一再摆弄,几乎舍不得让她走。

也许他也这样留恋着每一位顾客。她知道的,这理发师眷爱的是他自己的作品,这可从他店里用的毛巾看出端倪,不是都印着两行黑字吗?"理发师所做的,也唯有理发师能做。"

因为这两行字,配上理发师在镜里自恋的脸,她便光顾了八年。噢,现在她才认真去数算这年月,原来已经八年了。其实不是每次都满意出来的效果，甚至也会有引来劣评的时候，可是她仍然像约会似的，定期在小小的、半间店面的发廊里出现。

理发师殷勤招待，一杯茉莉花茶和一摞时尚杂志摆在手边。她既不喜欢茉莉那矫情的浓香，也不看杂志模特儿纵情而颓废的两眼。这么多年，那理发师从未发觉她不沾一滴茶水，也不碰那些杂志，依然每隔两个月对她重复这一套空泛的礼节。

再说，他的收费也真贵。发廊里就一个师傅，倒是一两个洗发的年轻女生换了又换；小小的店没有一点派头，顾客也不多，但剪头发比人家贵上十元八元。若不是因为理发师的手艺和细心，说不定也因为他自满的笑容，以她这个文员的收入，其实不该成为他的老主顾。

现在，理发师死了。她啜饮着咖啡，想到自己在为一个不相干的人左思右想，觉得很无聊。只是死了一个理发师，但她没来由地感到苦恼，以后该找谁给她理发？这把头发，显然已经熟悉了那理发师的抚弄和梳剪，每次都顺从着他的意思，变换长度和颜色。那人如此宠爱着她的头发，手指温柔得情人似的。

带着这些接近杞人忧天的烦恼,她一个下午都在发愣。同事们也没看出来,大家都在为不同的事情发呆,或发狂。如常地,她下班后跟随着大伙儿的脚步离开,身后的灯光马上熄灭,路上的街灯很快又逐一亮起。她挤在公交车上,嗅到很多人不一样的体味,还有谁趁机在她身上摸了一把。这情况她一次又一次地体验,依然觉得不解,为何人们如此逼近,却又十分陌生。很多乘客都是惯见的脸,也有的几乎每天见面,但大家如同幽魂似的穿越彼此,从来没有一点感触。

没准也有哪一个常碰面的乘客,已经在某月某日死了,以后再没出现。可是她想不起来,就像她办公的地方一样人来人往,有些座位空了又填上新人,她也是很久都没察觉。

下车以后,她往住处的方向走一段路。经过那里,街角的发廊,果然拉下了铁闸,人们来来往往,大概除了她,谁也没发现这家小小的发廊今日没开店。因为唯一的理发师死了。她也只是稍微放慢脚步,匆匆瞥见铁闸上漆着的两行字"理发师所做的,也唯有理发师能做"。

晚上她洗了头,坐在镜前梳理头发。刘海已经长了,便记起那个死去的理发师,本来下个礼拜就该去找他的,如今只觉得茫然,如何再找到另外一个理发师,会像那人一样,恋爱她的头发。八年了啊,她又仔细数算了一次,八年来有一个人呵护着她的头发。

现在,她明白了那也是一种幸福。"幸福"这字眼很少在她脑中出现,如今忽然浮起,她觉得酸酸涩涩的,才意识到这城里原来有一个和她相干的人,已经死了。

春日

风很轻。但他听见了,很高很远的树梢上有婆娑的风声;有鸟的啁啾,像饼干屑,零零碎碎地自高空撒下。

阳光和煦,日子美好。他躺在草坪上,闭起眼睛,皮肤浅浅地熨了一点温度。春日啊,花香在空气里飘散,他觉得自己真幸福,听得见附近有小孩游戏嬉笑的声音,妇人们在长凳子那边咀嚼着轻言絮语;流言如风,笑声荡漾。

嗯,这样的日子。他说,太美好了,情愿一死;就在此情此景。妻坐在他身旁,微笑着替他拨去头发上的什么。你啊,这话让那些小的听到多不好。

他知道。却是不自禁地有这念头的。人不都总会有那么一天吗,他只是假设自己有权选择,就这一刻好了。有儿有孙，一家人，良妻在畔，那可是自己一直深爱着的好女人啊。他看着妻，背光，蔚蓝的天空衬作背景；远一些有树，枝丫上全是花。妻老了但依然雅致美丽。他觉得自己再无遗憾，真没什么牵挂了；若非此刻，还等什么时候啊？

胡说，就没别的可想啊。妻浅笑。哦，他从年轻时就常在假设这状况了；那时他经常跟一个很相熟的女孩提起，我啊，要死得了无牵挂，要连死都成了一件幸福美满的事。哈哈。那女孩总是陪着他傻笑点头，似乎是认同的，甚至陪他一起向往着。呵呵。年轻啊，两小无猜的好朋友嘛，谈什么都不觉得是忌讳。

那时他脑里并没有很实在的画面，不能清楚地描绘自己向往的"那一刻"该怎么样。嗯。那女孩依然在点头，似懂非懂。他想起在各个不同的所在，校园里，公交车上，图书馆，双方的家门前，那女孩的房间里，好像都曾经谈起过这话题。可这些毕竟是很遥远的事了，他连女孩的样貌都不太能记起来，只记得她老是在笑在点头在应声。

后来那女孩呢？妻柔声问，也继续给他掇起飘落在身上的草叶和花瓣。

他凝视空中，云在缓缓浮动，好慢。他想看得更远些，目光被那些云层拦住。很多年前的事了，他与女孩并肩站在路上，等着长长的一列火车从眼前开过去。直到栅栏打开，他正要走，女孩忽然没头没脑地问："那我们两个，怎么办啊？"他一愣（那是个春日吗？有花瓣自眼前飘落），像听懂了又像没听懂，怔忡了一阵，说不上多久，只知道后来拔腿便跑，一直没有回头。

怎么啦？妻轻拨他皱起的眉头。

他苦笑，捂着左胸。

你听到风里有人在哭吗。我忽然心很痛，不想死了。

同一个春日

他开始抽起烟来。初春的风还有点冷,但人们已经迫不及待地走到室外。公园里人很多,小孩子在草坪上追逐尖叫,有人跌倒,哭声可响亮呢;妇女们上前呵护,孩子反而哭得更响了,后来做父亲的也加进去,向其他孩子追究起责任来。一家子吵吵闹闹的,真叫人厌烦。

身旁的友人还在抱怨中,恋人变心了,老板不好,工作一团糟,股票没起色,父母不体谅。这是个什么世界啊你说是不是。他不置可否,烟一根接一根地猛抽,跷起来的右脚一个劲地摇。友人也一样,左顾右盼,吐雾吞云,接下去说他怎样怀疑自己有隐疾,才三十几岁头发就掉得差不多了,胸口这边常常发疼,有时候呼吸会突然急促起来,感冒伤风这种小病也常犯。怕不是有什么暗病，很可能噢毕竟烟抽太凶了，你还记得那个小林吗就这个年纪死的，肺癌不是。

什么时候我们去算个命哈。友人吐了一口烟，转过头来问他。啊不，他不以为那里面有询问的意思，他们总是那样说话的，不真的有那个意思，往往只为了排解……一点闷气。他吐了一口长长的烟，真想把肺里的浊气全挤出来。

春日，一年伊始，本该万象更新的吧。他却还在跟旧友厮混，听他倾吐旧怨，抽已经抽了很多年的红梅，身心都忍受着旧患的折磨；仿佛还受困在去年寒冬的迷宫中，出不去。

后来友人再说的，他都听不下去了。春日怎么这样个乌烟瘴气，这城市污染得太厉害啦，难为那些人还一家大小到这公园来沐浴春日的阳光。他看见有一对老夫妇坐在远处的草坪上，那老先生还索性躺下来，交叠两掌枕住后脑，像是在睡觉。老太太温柔地给他拨去身上的草叶，一派幸福的美景。哼，他嗤之以鼻，生活太美好了就会让人恋世吧，可都那么老了没准睡着睡着就睡死了去。

友人顺着他的眼光看去，问他，你和她还好

吧。哎这是他今天的忌讳了，妈的，他不禁皱起眉来。今早送她去上班，到了办事处门外，她忽然转过身来问："我们两个，以后怎么办？"声音好冷，冰那样的音质，他感到左胸有一刹那的痛，呼吸突然变得很不舒畅。是有病了，抽烟太凶。

友人似乎还想追问，但他忽然把烟捻熄，像下了什么重大决定似的站起来甩一甩头。走吧。友人反射性地跟着弹起。上哪儿？

走，咱们找人算命去。

一致

夏季已经过去。要连续几日起床来,发现窗外吹进来的是凉风,觉得有点冷,不能再打赤膊了,他才能同意夏季已经过去。

母亲不再煮绿豆汤了,那是夏日降火去燥的甜品。入了秋,厨房里放着的便是煮好的红豆汤,都一样喝,昂起头来咕嘟咕嘟。喝下去就是日子了,他几乎不再意识自己还能有,或应该有其他选择。

出门时经过鱼缸,看见硕果仅存的一条观赏鱼。半年前装置鱼缸时买的,忘了总共有十二抑或十三条,反正人家说很容易养的鱼,却没养几天便接二连三地死了。究竟是哪里出错了呢?他觉得日子有点不对路,可说不上来有何不妥。工作是毕业后一直做到现在的工作,其间稍微升过职调过薪；女友是闹过几次分手而终于没分成的女友。现在连话也说得不多了，于是顺其自然地筹算着结婚的事。也像别人那样有不大不小的一套房子，有不娇贵也不挺烂的一部车子；也炒股，也亏过也赚了一些；也泡网，也有两三个没当真的网上情人；也弄了个自己的博客，没事写字抱怨一下政府或贴几首貌似幽默的打油诗。

也感到无聊和厌倦，也去养一只狗，也因为被女友投诉而将狗送人。也戒过几次烟，也喜欢林志玲，也怀疑女友不忠而不敢探究得太清楚。也有点追悔年轻时书没念好或当初入错行，也去研究一下命理星座和风水玄学，也就弄了这一缸风水鱼。也像别人那样换水给氧和喂食，也胡乱买些药水抢救过，也就很无奈地处理那些鱼的尸体。处理的方式也和别人没什么不同，都是打包了扔到垃圾箱里。

最后就剩下这一条不妥协的鱼。这倒叫他为难，这和别人的养鱼经验不太一样。竟然有一条鱼半死不活地撑了半年，而且不吃他喂的鱼饲，像在和他怄气，忤逆他，不理会他多么努力要活得像别人一样。为此他曾经恼火，想过要把它扔掉，终于没下得了手。日子久了他反而有耐性，想和这鱼比，大家耗着吧，就不信比不过一条他妈的病鱼。

也就每天喝一碗红豆汤绿豆汤开始新的一日。今天也就像昨天那样，像其他人那样，一秒一秒一刻一刻一日一日一月一月，夏天也就过去了。当他和昨天一样，把这些感触从头到尾温习完毕以后，也就是下班后回到家门前在翻口袋找钥匙的时候了。他把门推开，不知怎么不敢往那鱼缸看，不知怎么总是有点怕会看见那里面浮着一条斗败了翻了肚子的鱼。他抓了抓头，有点担心此刻的害怕是不是异于寻常，是不是跟别人不一样。

再一次送行

"幸好当年有你拉着我,不然我一定会后悔。"

对方是那么说的。他苦笑着摇头,便无言,有点不热衷于重提旧事的神色。唯对方不察觉,话匣子打开了谈兴便来,都在说以前念大学时的事,记得本来如何如何,后来怎样怎样;还一边说一边歪着嘴笑,叫他厌烦极了。

他最厌恶对方斜睨眼睛去瞟窗外那妇人时的模样,那么不加掩饰的轻蔑与邪恶。但其实他自己也总是有意无意在偷眼看那妇人,就隔了一道玻璃,他们坐在餐厅里,妇人站在餐厅外的人行道上,咫尺之遥。

以前他们也是这么窥觑着她的。在校园里,课堂上,食堂,树下,操场上……她漂亮,气质好,看她笑时叫人觉得如有和风拂面。男同学中明着恋暗着恋的都不少，伊人却都一视同仁，好像谁都有机会，也就谁都机会渺茫。

当时他的这位好朋友也动了心。直到毕业很久以后，他想起来才觉悟到当年所有人的动心都未必是真的，不过是因为年轻好胜，谁都想赢得伊人归以证明自己的不凡。他的这位朋友何尝不是，只是年轻时不懂得分辨，轻易相信那是爱情，也就轻易说"我爱上她了"。

他没有帮忙，反而阻挠。包括把伊人的家世抖出来，嗜赌的父亲，智障的兄长。他与女孩当邻居很多年了，一切都了如指掌。奇怪的是他当时真以为这位好朋友有被伊人垂青的机会，他真以为那女孩很可能会被这人显赫的家世与不错的外表打动。他后来才知道，他什么都算计错了。

而后女孩发生意外，辍学，搬迁。他是亲眼看着他们一家搬走的，女孩的兄长在那几乎被火烧成废墟的屋地上，兴奋地朝着隔街的他高喊："我们要搬家啰！搬新屋子啰！"他报以苦笑，人生中第一次感知了何谓无常。

如今他坐在高级餐厅内，人还是当年的人，当年的好朋友依然挂着当年的嘴脸。餐厅外头呢，伊人却已不复当年的模样。应该结婚了吧，都带着一个小男孩了。日头很高呢，伊人与孩童都站在高度曝光中，画面看来像一张负片，让他感到十分地不真实。

他的好朋依然一边大口哚着牛排一边在提以前的事。他都听不下去了，失焦的眼神只是缓缓地穿透眼前这人，再慢慢渗过玻璃流散在阳光下。想起当时火光冲天，那场面亮得让人睁不开眼。他在混乱中只隐隐辨识到有人喊叫："她冲进去了，她冲进去救傻仔了！"

"……幸好有你当时拉住我。"话题又回到这里，他霍地回过神。外面的妇人和男孩正好等到他们的巴士了，两人说笑着一起踏上巴士。

"你看她左边脸，烧成这样子，居然还有人要娶。"他的朋友啜一口饮料，再做一个不以为然的表情。而他终究什么话也没说，仍然像当初一样悔恨与懊恼，静默地目送伊人离去。

花样年华

我喜欢参加我们的同学聚会。

三年一度嘛,有足够的时间囤积话题,可以让大家笑谈三四个小时,没有冷场。

三年,也有足够的时间让大家改变,好相互对照,暗自比较,再看看自己是活好了抑或窝囊了。

我甚至也喜欢看见顾伊人,看她还穿着她那一条花裙子。

以前我们最讨厌看见顾伊人了,更讨厌她那一条欧洲买回来的细肩带连衣裙,里面一层白丝绸,外面一层晃晃荡荡的印花雪纺纱;剪裁合宜,质料上乘,又有那么一点历久不衰的复古风。这回她还这么穿,大伙儿嚷着说,换英国太子妃来,大概也就穿这样了。

最让人吃不消的是，顾伊人还照旧把头发往上梳，再把乌黑的大波浪拨到一边的肩膀；上面露出额头的美人尖，再引人顺着波浪去看她的长脖子。

这是何等自信啊？打从毕业礼那晚上的聚餐开始，三年一回，她敢以同一身装扮赴会。算一算，至今已是第八次穿上这"战袍"了。

最初大家还取笑她，该不会没钱买衣服吧？后来慢慢搞懂了，人家这招叫"以不变应万变"。管你比她有才干事业比她强嫁得比她好社会地位比她高孩子比她的有出息，你就没本事把变胖了变老了变垮了的身体穿进年轻时最心爱的裙子里，还敢这般风华绝代地走出来。

啊，她要说的是，她把"岁月"这天敌给打败了。

记得毕业礼那天晚上吧？顾伊人像个女皇似的登场，全场男生殷勤赞美；女同学无不恨得牙痒痒，一晚上横眉冷眼，都刻意对她疏离。

就连班上的高才生刘才女，白天才容光焕发地上台去代表应届毕业生致辞，到晚上百花竞艳时，马上显得暗淡无光，被撂到一旁了。

说实在的，除了顾伊人以外，刘才女是另一个我最想在同学会看见的人物了。二十年过去，伊人固然还是伊人，依然活在她"最美好的岁月"中，让场上一众女士咬牙切齿纷纷走避。才女倒是变化巨大，二十年来大起大伏，我们这一班同学当中没有谁比她经历过更多的了——经商，从政，教书；东西南北都跑遍了，甚至还曾在拘留所待过，上过几遍杂志封面，八次聚会有四次她来不成；离过婚再嫁的人，又失去过一个儿子。所有经历都有迹可循，刀痕似的刻在脸上。她倒始终对外表浑不在意，一头短发从灰黑变成银白了，都不去染一染。

老去的才女穿着平底鞋和宽松的袍子来到，顾伊人说："你怎么越来越像尼姑了？"才女微笑回答："你却是一点儿都没变。"

我就这样每隔三年去看一看，看到我们的女皇顾伊人越来越被冷待，一晚上盯着周围的反光体孤芳自赏。我就坐在她身旁呢，闻得到她那一把黑色大波浪散发着阿摩尼亚刺鼻的气味，还能隐约看见她脸上那些遮瑕膏横七竖八的痕迹。我识趣地只和她聊衣服的保养心得——毕竟很不容易啊,这条花裙子看来还真像新的一样。

至于刘才女,不是我不想坐到她身旁,而是她都被大伙儿围住了,我根本挤不上去。但那不重要,远观也好,我坐这儿依然听得到她爽朗的笑声,看到在头上那一盏水晶灯的照耀之下,她的满头白发熠熠生辉,像个光环似的,把她变成了一个发光体。

我·待领

你一定有听说过这幅画,《窗台上的女孩》。

画它的人死了。上个月的事吧。那画家患癌症,英年早逝。死前留有遗嘱,说要把此生最钟爱的肖像画送给画中人。

就是这一幅了。他此生最钟爱的。你去看看他的纪念展吧。如今就在这城,画展很快要结束了。那一幅画就挂在展区入口,很大的一幅,你去看。我天天都去,天天站在那画面前,觉得它很明亮,太耀眼了,而且巨大得让人窒息。

奇怪,以前看他在画,一点也不觉得那画板有这么大。我在那窗台上坐了大半个夏天,把借来的小说都读完了。我总是觉得有点饿,我们当时那么穷,快连颜料也买不起了。可他还是不顾一切地画,我开始感到不耐烦,生气,焦虑。正巧有个搞摄影的同学在楼下喊我,我就拿起背包冲出门去。

那画我看了一眼,还未完成呢。画得太奇怪了,女孩太平凡。一点都不像我。

我后来到摄影楼里打工,把很多彩照带回去给他看。那时搞摄影的同学刚引进电脑处理的人像照,加上彩妆,照片中的我看来那么地独特,无瑕,美丽。然而他总是嗤之以鼻,总说假,说难看。他说,太庸俗了,一点都不像你。

一年后我嫁给摄影楼的老板,那时我已经长得很像照片中的我了。两年后离婚,后来再嫁了另一个老板。有钱啊,也太无所事事了,便也像别人一样去漂白,文眉,割双眼皮,顺便也整一整鼻子。

我总是想,他要是看到那时候的我,大概不会再说那些照片里的人不像我了。

但我们却无缘见面。他成名了。这些年开了许多画展,作品很卖钱呢。现在他这样死去,据说他的作品身价大涨。尤其是他亲自点名的这一幅啊,你说会值多少钱呢。大概会是个天价吧。

我天天去看他的纪念展,也看见很多人冒认

画中的女孩,想要认领那一幅画。那些女人都被他的律师打发掉了。我也想要那一幅画啊。不是因为它值钱,而是因为它画得太好了。画里的女孩,坐在窗台的光影中发呆,脸上充满憧憬,多么漂亮。

但我终于没敢开口。我在那一幅画前站得愈久,心愈冷。那里天天人来人往,也有些职员发现我每天站在画前,却没有人察觉我就是画中人。我愈站愈没有勇气,甚至有点心虚呢。后来,不知为什么,我总要戴上太阳眼镜才敢站在那里。那幅画实在太明亮了。所有的,一整个夏季的阳光。

还有两天画展就要结束了。你去看看吧,别把夏天浪费掉。真的,你去看看,看你能不能认出来,那就是我……真的。

没骗你。

是我。

两难

午夜,妻从床上爬起来,直往房门走去。当时他昏昏欲睡,却突然弹起,唤住那背影。

"去厕所吗?"他问,"出去就穿好睡衣吧,忘了妈就在对面房里。"

他的妻转过身,用一种厌烦的眼神看他。"我说过家里多了一个人,就是不方便。你看你看,现在连一点点自由都没了。"

他不语。妻粗暴地捡起散落在地上的衣物,赌气似的大力往身上套。"多麻烦,你以后就别碰我,免得我上厕所还得大费周章。"

妻怒气冲冲地拉开房门,"砰"的一声把房门关上。在静夜里,这声音像要把房子震得碎裂开来。

对面房里有人开门。他听见门扇开启时发出

的咿呀声响,便知道刚才的巨响惊动了房内的母亲。"是妈吧?没事啦,睡吧。"

母亲好像应了一声,又关上门。他怅然,躺下身子,把整个人陷进温暖的被窝里。

母亲搬进来以后,这屋子似乎不再是温暖乡了。他的妻一直板起脸孔,或常常说一些嘲弄和挑剔的话,似是千方百计要让他难堪。

以前的妻,虽然算不上依人小鸟,却也经常在家中为他预备一些惊喜,让他下班回来,可以享受二人世界的缠绵与温柔。母亲来了以后,他们不可能再关上屋里的灯火,吃一顿浪漫温馨的烛光晚餐,也不能一起进那唯一的浴室里洗鸳鸯浴了。

最麻烦的,还是每次欢爱过后沉沉睡去,半夜醒来要到房外走廊另一端的厕所,却不能再赤身露体了。

他还好,只要抓起浴巾往腰上一围,便可以出门。他的妻却坚持要穿妥衣物才出去。她说怕看见他母亲大惊小怪的脸。

母亲从来没有抗议过什么,但是他们夫妇俩的许多生活习惯,都因为母亲的存在而被迫改变。

妻的怨言越来越多了，嘴里的话和脸上的表情也越来越不客气。母亲不会看不出一点端倪吧？

当初结婚时，妻说好要搬出来组织他们的小家庭。先是买屋买车，再来是生孩子。他们千算万算啊，就算不到会突然多出这么一个人。

乡下的老屋子在一场风雨中倒塌了，母亲唯有向两个儿子求救。他还记得自己在电话里向大哥咆哮："你是长子，别忘了爸把大部分财产都给了你，要你照顾妈。"

对，大哥是长子，可是大哥的心比他狠，到乡下接过母亲后，就把她载到他家门前。那天他和妻下班回来，看见母亲蹲在那里，身边堆了好几个大包裹，便意会到发生什么事了。

他让母亲住下来。他的妻明显不高兴，私下拨了电话与他的哥理论，结果不欢而散，把事情闹得更僵了。

"不如把她送到老人院吧，你跟大哥说，由你们分担费用好了。"妻回到房里，钻入被窝。他感觉到妻说话时的热息喷到他的脖子，心里不免一荡。

"不，你让我想想办法。"

妻愕然，愤怒的表情立即在她的脸上漾开。"我不理，你明天就得解决这事，不然我搬走好了。"说完，她翻转身子，背着他睡去。

怎么办呢？他看着妻背上优美的曲线，脑里百转千回，终于疲惫地合上双眼。

翌日下班回来，他一眼便看见母亲蹲在院子里修剪野草，而早归的妻则环抱两手站在屋子的玻璃门后，目光冷冷地扫过他的脸。

他觉得妻的眼光像两把利刃，划得他两颊生痛。于是他叹了一口气，向母亲招呼一声："妈，我买了一样东西给你。"说时，打开车门，把一个塑料袋子递到母亲面前。

妻见状，走过来，看着母亲把袋子打开。

是一只痰盂。

"晚上就不必再出来上厕所了。"他苦笑着说。

只应天上有

整个晚上都在喝闷酒。

他最怕碰上这情况,但哥们儿,七手八脚,三分醉七分醒,扯他的手臂钩他的肩膀,左右开弓,一路戏耍玩闹,群情汹涌,上车下车,他人便被挟持到这里来了。

他想自己是有点寂寞了,不然不会出席这种旧同学聚会。也是因为来相约的同学口口声声说:"咱们这一批当年是什么感情?就只差没歃血为盟!"结果一顿饭是一塌糊涂的喧哗吵闹。这喧闹跟过去已不一样,久违的大伙儿比他想象中过得更庸俗。差别在于有些庸俗得比较得意,有些庸俗得比较潦倒。得意的那些谈股市、房价、货币、政治、女人、汽车;潦倒的那些会自成圈子,谈家庭、工作、儿女、时事。

他坐在两个圈子之间，有一搭没一搭地对这边那边应声。是啊。哈哈哈。对的。好像是。有有有。哈哈。噢真的吗。没有没有。心里懊恼着这趟来错了，横竖都是寂寞的，还不如自己一个人待在家里惬意些。想溜了，就只差个借口，忽然听到大伙儿中有人嚷起来（是他，以前追求过邻校校花的篮球队长）：我们唱 K 去吧！

唱 K 吗？他愣了一下。就那样随波逐流地跟大伙儿走了。有人开崭新奔驰有人开破败的旧车。他记起毕业那天大家也去唱 K，那个晚上篮球队长迟到，揽着邻校校花的细腰推门而入。

他现在想不起那校花的名字和样貌，却记得篮球队长当时那意气风发的脸。大家起哄过，羡慕过，妒忌过，却又识趣地制造机会给两人合唱情歌。结账时大家当着侍应生的面凑钱，有个后来当上会计师的同学掏出电子计算器按键算出小数点。哈哈。他想到那情景便在车上失笑。

走进他们的豪华包间以后，他才发觉自己又来错了。有伴唱女郎不请自来（篮球队长抢先拉了一个），杯里的酒未竟又满。大家唱的也不是当年的歌了，尽管以前五音不全的至今仍然荒腔走板。用心唱歌的只有那些伴唱女郎，她们一边给身旁的人倒酒一边扭动腰肢抗议腰上臀上的手，一边咿咿呵呵地唱。有个鼻子敏感的被酒、烟和伴唱女郎身上的香水味呛着，一直在人家唱歌时大声打喷嚏。

他坐在最暗的角落里自斟自饮。酒杯是拿在手上的，还是不饮的时候多一些。直至麦克风兜兜转转到他面前，他才忽然紧张起来，认不出屏幕上播的是哪一个版本的《友谊之光》。他怔了一下，身边有一只手伸过来把麦克风抢去。房里有谁大声喊，来小刘到你了你的首本名曲！（他记起了，当年那个拿计算器出来的矮个儿就叫小刘。）

大家七分醉三分醒，又起哄，小刘小刘小刘。小刘小刘小刘。但音乐开始了没人唱，他正想开溜，却听到有人对着麦克风沉着嗓子说话，小刘……不是去年跳楼死了……吗？

房里的空调忽然降温。大家继续饮闷酒，有个伴唱女郎不识趣，忽然插入一把半咸不淡的粤语歌声。说有万里山，隔阻两地遥；不须见面，心中也知晓，友谊改不了……

这一生

讨厌在雨天出门。我看看天色,淋漓的雨水冲散了晨雾,打在黄泥路上溅起褐色的水花。

这雨,黎明时分就开始下了。我那时正好起床叫醒儿子,喂喂,开学了噢第一天上课可不准迟到。那小瓜蜷缩在被子里不愿起来,要花好大的力气才把他揪下床,漱洗完毕再换上新买的校服,看他叼着两块面包出门去了。小心啊要把伞撑稳,新伞子噢别把它忘在了学校哩。

孩子头也不回,径自走入雨中。

唉,真难管教噢谁叫就这么个儿子。我一边嘀咕一边洗衣,一家五口的衣服啊真累人。孩子他爸真会流汗,几件白背心都沾了锈黄的汗渍,洗不干净啊准会被公公婆婆骂,他们老爱挑剔人呢就怕我会虐待他们的儿孙。哎呀那可是我自己的老公和孩子。

做家务最花力气了，孩子他爸吃了油条粥出门的时候，我还在抹地板。雨下得真大啊要小心噢听到了吗？我抬起头来，那男人还来不及应声便冲进雨里，大雨很快就吞下了他的背影。

真的真的很讨厌下雨天噢。晾挂在檐下的衣服一直湿答答的，婆婆却吵着要我陪她去拜祭公公。什么天气嘛也没想想自己的行动多么不方便，所以说啊她最爱为难我了。我拉开窗帘，那雨还没有歇下来的意思。好啦好啦，等我送饭到学校以后就陪你走一趟吧。

这种阴阴凉凉的天气啊最好睡觉了，不是吗？可是我一大早就得摸黑起来，连喘一口气的时间也没有。单是一顿午饭就让人忙出一头大汗，都是儿子喜欢吃的菜噢现在的孩子可嘴刁得很，真让人费心。

出门的时候没忘了摸一摸晾衣杆上的衣服，还没干。什么洗衣机啊白背心上的汗渍快累积成一张地图了，我说过啊孩子的爸别乱花钱嘛，我还能洗啊洗得可干净呢，不过是三个人的衣服怎么会难倒我。

雨天出门就不得不撑伞了,之前还得先上香,公公婆婆在神台上瞪着我,还是很爱刁难的样。算了吧我老早就习惯了,人家说做媳妇啊精神压力总是有的,好不容易才挨到今天呢孩子的爸啊,我们的儿子年年考个前三名,左邻右里都羡慕死了。哈哈那可是我教出来的儿子噢身上还流着我的血哩。

从家里走到学校有说长不长说短不短的一段路,啊呀好在买了一辆电单车给儿子呢,这路实在不好走。前几年才铺好的柏油路也真差劲,没走几步就踩着了坑洞,被雨水溅湿了我的裤脚。

今天是走得太慢了,都怪这讨厌的雨。儿子已经等在校门外,脸色可比下雨的天空更黑呢。好吧好吧你就别嫌了,以后不送饭来就是了。可是今天啊说什么也得把饭吃完,这汤啊熬了整个上午,听说可以提神补脑啊你就要会考了,我和你爸都希望你考上大学呢……喂你听到我在讲什么吗记得记得要把饭吃完。

不知怎么这儿子越来越不爱跟我谈话了,算什么嘛我每天侍候他呢。算了算了儿子大了就会长翅膀,只要他争气啊。我循着原路走回去,雨仍下个不停,像老天爷哭不完的眼泪。这双脚越来越不争气,雨季时总会痛到骨头里去。又说医学昌明什么的,我儿子念医科的呗还没办法医好这风湿症。呸。

原先的柏油路加宽了,路上的汽车可多着呢,都快得像要飞起来似的,把路边的积水都溅在我身上。啊呀明天就是清明节了要去扫墓呢。人老了就不中用啦。不知道儿子明天有没有空呢,唉好久没给孩子的爸扫墓了,大概坟上都长满野草了吧。

要回到家了,这让人伤感的雨还在下。我按响了门铃,弯下腰来等着电动门打开,看见儿媳妇就在玻璃门里叉腰站着。她的眼镜片上闪着寒光呀涂得红彤彤的嘴唇启启合合。啊呀我知道她又在说我的坏话了,做人家的婆婆可真难噢。

进门之前当然要去摸一摸晾在门外的衣服,还没干呢。这雨啊。

多年以后

他再遇见她,已经是多年以后。

老调子,多年以后,自然很多事情改变了。物是人非,大家都经历过很多事,成了不一样的人。

毕竟以前给她写情信的日子,那是很久很久以前的事啊!那时他们多么年轻,年轻得自以为是,也都自以为孤独。所谓年轻,还包括看不起老人(他们总是占着茅坑不拉屎),也极度不屑那些被磨去棱角后,老油条一般的中年人。啊,年轻得以为年轻本身就是神圣的。

多年以后,意味着他可以回过头去,对年轻时的自己苦笑了,而且每天上班前对着镜子,觉得被磨去棱角后的自己,面目略微圆润,却没有当初想的那么可憎。

因而多年以后再相遇,他发现自己对她竟然一点都不怀恨了。

以前可是非常愤恨的,觉得自己被耍了。那是在寄出去很多情信以后,有一回他趁着情人节来临,鼓起勇气向她表白。他总以为对方对他也有情意,毕竟她也曾回过信的——尽管不多,而且谈的都是理想,音乐和文学之类的,不着边际的东西。但他们偶尔也分享别的,譬如家人的不谅解,好朋友的背叛和文学奖落选之类的,各种青春的苦恼啊。

她自然早明白他的心意,但真到了那一刻,显然还是非常失措和尴尬。他记得她低下头来,耳根涨红了,目光千回百转,想了很久才晓得要怎么响应。"其实你人很好,和你相处是很愉快的事,可是……"(天杀的"可是"!)

可是,那时的他真的长得太胖了。她说:"我家人全都瘦瘦的,我从小就习惯了,没办法……"

他也没办法呀。他的情况正好相反,这一身肉与脂肪,恐怕是家族遗传呢。

但他真心喜欢她,绝对不会就这么放弃。"给我点时间吧,我绝对不会让你失望!"

于是他们有了约定，半年后他若能甩掉这身肥肉，她就答应与他交往。

天晓得那半年他是怎样挨过去的。那是活在十八层炼狱中的半年。就在那天与她道别以后，每一分每一秒他都在对抗自己的易胖体质，他的食欲，他的惰性，还有他向来对运动的极度厌恶。那半年里，他连睡觉都梦见自己在减肥——要不在跑步机上跑得口吐白沫，就是一整个梦里都在数算盘子里的一小撮杂粮，还得拼命计算卡路里。

半年之后，他脱胎换骨，拿着自己写的《消瘦日记》去见她，她目瞪口呆，良久以后才反应过来。"你真的很好，真的！太惊人了！可是……"

可是她根本没把他们的约定往心里放。她有男朋友了。

年轻嘛，有的事太过认真，有的事太过不当真。

他是太过认真的那一个，因而受伤很深，尽管当时无言离去，但以后有很长的时间连梦里都在痛斥她，一遍一遍地把她骂得泪流满面，无地自容。醒来发现自己呼吸急促，心如擂鼓。

现在的他已经不年轻了，他的孩子最近还学着他们的母亲，喊他"老油条爸爸"。

所以，如今再见她，时机是对的。她的改变那么大，让他的下巴差点要惊掉下来了，却一点没有复仇的快感或幸灾乐祸的意思。

她孩子有三个，下巴有两重，腰上再套着个罗厘[①]备胎；要不是她先打招呼，他万万认不出来。

他当然有点失望，但绝对相信自己完全没有表露出来。人嘛，愈活下去愈明白，活着呢，就是百般不由人。

那天他们一起喝了杯咖啡叙旧。她成了个平凡而快乐的主妇。他仔细端详，觉得她其实也不至于面目全非；至少那温婉的笑容和千回百转的眼神依稀可见，甚至偶尔还会不经意地流露出一点残余的纯真。哎，那当然要他才能看到，年轻人是看不出来的。

---

① 马来语 Lori，意为卡车。

日子

如此好几天了,雨在云里酝酿,闷雷轱辘轱辘响。

老人躺在榻上,睁开了已然失明的双眼,问说是谁家呀,谁家在推磨。

房里唯一的一扇窗日间总敞开着,天光依稀,老人蜷缩在斜照的窗影里。大儿媳正巧从窗前走过,听见老人的嘟哝,被吓了一跳。多少天了,自从老人坚持要出院,回到家里不久后便一直昏睡,偶尔醒来也说不上一句齐全话。大儿媳觉得好久没听过老人的声音了,这下却听得这么真切。谁家呀,谁家在推磨?

老人醒了,而且还半坐起来喝了些米粥,与闻讯而来的儿孙拉了些家常。大家看见老人这份精神,倒是不喜,都预感了就是这几天的事吧,却谁也没说破，只是那两天大伙儿没事便聚到房子里来，男的蹾在堂前屋后抽烟闲聊，女人忙前忙后，烧饭煮水，或是到房里给老人喂粥和换洗；孩子们要不围着电视嘻嘻哈哈地看，便是在院子里放开声量追逐嬉闹，家里养的黄狗像保姆似的跟着孩子打转，几只家禽唯有退避到墙沿，笑闹声中便有一下没一下地夹了狗吠与鸡鸭的嘀咕。

这些，老人都看不见。他这两眼，本以为患的是白内障，后来却诊出脑瘤来。他倒是舒坦了，很快放弃治疗，坚持要回家。那时候还看得见些许，睡梦中的影像也十分真切，如今醒来却是真盲了，反而是听觉忽然灵敏起来，仿佛听得见老屋里里外外各个角落的声响，连晌午时蹿过的一阵惊风都被他听出细节来。他听到风里有老大断断续续的说话声，问老三车子行到哪里了，老二在旁插嘴说开车得当心，路那么长，急不得哩。

树被风摇得沙沙响，晾在院里的衣裳扑扑。老人听得大媳妇脚步沉沉，频频打房门前过往。大女儿与老二的媳妇坐在窗下择菜，一边碎着嘴说邻里间的事。狗在吠，把要跨出院门的孩子轰回头。二女儿小声问谁，老三呢，老三一家什么时候到？说着说着不知怎么扯到老三的媳妇，几个妇人的嗓子便压沉了，话都拐弯，再像闷雷似的被风密密捂住。

老人没再听下去，大儿媳端茶进来时他让她给他挠一挠背。那时他忽然想到要抽一口烟，大儿媳便出去把男人唤来，要他给老人准备烟袋。老人抽烟的时候，家人几乎都簇拥到房间里来，或是在外头倚着窗棂观望。空气越来越闷滞，要不是因为听见外头有车声，老二的媳妇喊了一声"老三吗？"大家便没想到要走开。老人却晓得那不是老三的车子，大儿媳似有同感，便只有她留在房里给咳嗽的老人抚抚背。

后来老三打来电话时，有一阵急雨洒下，在头顶的屋瓦和院里的大叶上像一把豆子弹跳。老人听到雨声中细碎的人声，大概明白了老三的车子在路上抛锚，老大老二便也急得团团转，但雨很快停了，那些焦躁的人声也随之消止，两个女儿在门外试探似的喊过他几遍，爸，爸。老人像含着一口痰那样闷声应了，女儿听着便放心走开。倒是大儿媳进来给他换茶时，清楚听到老人说，哎大家都饿了，不等了。

大儿媳必然是出去跟她男人说了，未几便听

得老二急匆匆地骑上机车呼啸而去。老人不知怎么判断出天色已黑,想要喊住老二却没来得及,只咳了两响,大儿媳探头进来问,怎么啦?老人摇头,说雨要下来了。

别等了。

大儿媳再听他这么说,心里不免忐忑。她哄人似的说,等等吧,再等等。说着给老人带上窗门,便到后头开火热馒去了。老人于无明中闭上双目,听觉又洞明起来,先是听到了房内蚊蚋的聒噪,再听到外面电视里的喧腾与儿孙们的干笑,之后是鸡寮里家禽的饱嗝,院门外路人的步履,蛙群在野地里嗷嗷求雨;风拂过树梢,雨,雨在西边山头那里哗啦啦地下起来了。

老人不知道自己的眼睛是睁开抑或闭起的,他觉得身体很轻,一晃便飘得老远了。大儿媳炒菜的香味像一缕细烟,幽幽地追寻上来,从鼻孔钻入他的脏腑。这味道让老人记起死去的老伴,不由得依依起来。这时候他听到胃里一阵饥鸣,不得不睁开眼,也就听到远远近近的狗吠与老大那闺女的嚷叫,说二叔三叔回来了。

且听见滴滴答答,雨便是那时候落下来的。

辑三 倒装

明信片

好些年以后,我才想起来,父亲的失踪或许跟那些明信片有点关系。

但我忘了我们从什么时候开始收到那些古怪的明信片。也许是父亲离开前一两年的事。随着他的离开,那些明信片也都不在了。但我记得第一张,极蓝的天,葵花田,还有许多人的笑脸。

明信片上没有落款,上面只有寥寥数语,对方说他终于到达了,那真是个好地方,比以前我们所想象的更美丽。我们?说得多么自然,仿佛寄信人和收信者之间有着十分亲密的过往。

父亲说,一定是写错地址了。我想也是的,我们家没有几个亲友在国外,就算有,也远没到这种用不着称呼便已心领神会的交情。

但后来还陆陆续续地收到"那人"寄来的明

信片。如今回想起来，只觉得明信片上的景象宛如雷诺阿的画，色彩丰饶，里面的人物充满幸福感，看起来很不真实。而不光是那些图片，我们后来还发现了蹊跷——"那人"每次都在文末写上虚假的日期：未来，许多年后的某月某日。

一定是有人在恶作剧吧。但我没把这微不足道的小事放在心上。父亲倒是认真起来了，似乎就在我忙着恋爱和工作，努力要把日子过充实的时候，他费了些功夫去考察明信片的来源。我还记得他向我展示那上面的邮票，告诉我，看到吗，这是个拉丁词，它的意思是"无，没有"。

我忘了那个词怎样拼写。但我记得邮票的左下角有一个美丽的红色花形邮戳。真好看，桃花似的。

我仍然以为那是个恶作剧。谁这般无聊呢？但我没时间细想，甚至没有时间去察觉父亲的沉迷。我一直想不透这事何以能让一个人入魔。是因为明信片上迷人的风景？邮票上奇怪的地名？"那人"所描述的美好生活？抑或那些让"收到明信片"这回事变得十分诡异的日期？

因为我的不感兴趣，父亲遂把那些明信片当

成他自己的私藏。他是那样对别人说的，他说"有人给我寄了些很奇怪的明信片"。

父亲不告而别之前，我们已经有很长的时间没收到明信片了。他大概有些焦虑，经常会抢着去打开家里的邮箱。可那时我没意识到他在等待什么。直至他走了，我去报警，也始终没想到该提明信片的事。

许多年便如此过去。今天下午儿子放学回来，把一件物事塞到我手里。"收到一张奇怪的明信片，不知道谁寄来的呢。"

我心弦一动。

蓝天，葵花田，笑脸。

——"我终于到了，真是个好地方啊，比我们以前想象的更美丽。"

下面写着日期。我想了想，啊，那是今天。

日复一日

又来了。故意迟了十分钟才离开店里，故意兜了远路，故意慢行，这样拖拖拉拉地故意迟了抵达，来到轻快铁站，还是见到一个坐在长凳子上。那人照例在翻报纸，戴了耳机在听歌。

真叫人沮丧。怎么总甩不开他们？这是第一个，第二个很快就到了。看，说来就来，正拾级而上，背一个背囊拿一份报纸，随身听。

他至今还无法辨认这两人。长得太相似了，毫无疑问是孪生兄弟，可怎么两人总是一前一后来到，而且从不见他们交谈，顶多是交流一下眼神，也就继续各看各的报纸，听各自的歌。

他常常被两人夹在中间，三个人都缄默，觉得有点尴尬，便也从背包里掏出今日尚未细读的报纸，戴上自己的耳机，假装浑不在意。这样已颇有一段时日，每个晚上都在轻快铁站遇见这两兄弟：一个比他先到，一个尾随他的背影而至。他们像故意要来挟持他，好像只为了要三人一起，赶搭末班车。

正因为已有一段时日了，重复性太高，他不得不纳闷，不得不怀疑。搞什么鬼，这两兄弟是在进行什么阴谋吗？他们跟他一起走进车厢，一起抵站下车。渐渐地他有了点头绪，先到的那一个面容疲惫一点，神情比较憔悴；后头的那个好像有点精神，只是两个的眼神都同样空洞，都像是对生活没抱着什么希冀，也不知该何去何从的人。

他甚至有点同情这样的一对手足，到底两人之间发生过什么事？怎么会形同陌路？于是他常常偷眼观察，偶尔发现对方的目光也如蜻蜓落在他身上。知道人家在看他，不免有点紧张，想想自己下班后的样子也很累，胡子多少天没刮了；好多个夜里在网上滞留，眼球满布血丝，衬衫还掉了一枚纽扣。

有时候这两兄弟还会不谋而合地一起看他。只看一眼，就够让他不舒服了。看什么啊看，你们哥儿俩又能好到哪里去？还不是都蓬头垢面一对丧家犬？可打从那一眼以后，他特别不想再遇上这两人，他们有时真会让人感到心虚，而他那么无力，像是被诱使却又毫无选择，总是跟着他们做一样的事，夜归，听歌，看报，等等。

所以他才刻意回避，慢行、兜远路，冒着赶不上末班车的危险，终也避无可避；连次序都没变。于是他有点光火，甚至恨起这两人来，怀疑是谁设计了这样一个陷阱要把他逼疯。于是他今晚决定豁出去，干伊娘，老子不玩了。他站起来掉头要走，前面坐着的那个显然惊愕，抬起头来看他一眼，眼神竟然是兴奋的，仿佛有称许之意。回身看到另一个已经欺近，却是一脸鄙夷，有嘲讽与嫌弃之色。

他是要走的，本该走，起码今晚为了这一个的期许和那一个的轻蔑，他必须试着让自己"掉队"。但这时候末班车快要开进站里，他听到轨道上传来滚雷一样的声音。他迟疑了一下，"一下"不过是三几秒；三几秒后他站在两个的中间，想，为什么只迟疑一下，车就到了。

大师的杰作

宅子里作品很多,他看上了那一幅。喏,就挂在墙上。那一隅很靠近庭园,早上的晨光游历过园里的假山真水,再穿过落地玻璃,把外头的风光投影到墙上。那真是一幅摄影杰作。巨幅相框中有一个农民模样的瘦削老人在屋前坐着,像在打盹吧。像素真好,岁月如叶脉似的细细在他脸上铺展。光呢,来自画面里的乡间也来自外面的庭园。

真是个了不起的作品!他不由得赞叹。不愧是大师啊。看,老人这半寐的脸沉浸在田园的盈盈晨光中,春天的草色都要把阳光染绿了。他还注意到相片中右上角隐约有禾田,人,牛;还有小小一片白云蓝天。乡间生活好惬意,岁月静好。这一定是传说中的经典名作《桃花源》了,他马上举起相机，把名作与墙上的树影一起拍下来。

大师是退休后隐居的摄影名家，他这次好不容易才征得老人家同意，答应接受专访。报社的同事中，他对艺术懂得最多，文字造诣也特别好，但凡艺术和文学领域的采访任务，都落在他肩上。他当然也是乐意的，能接触那么多文人雅士，得到名家大师的面授和指点，他如鱼得水。

以他那老到的修为，一眼就认出了这是大师的代表作。那上面有一切的艺术元素，完美的构图与景物间紧密的呼应关系。这判断让他自己激动起来。后来见到了大师，心里老惦着要印证自己的判断是否正确，采访时便屡屡走神了。好容易等到大师谈起那一幅《桃花源》，他才精神一振，逮了个空隙插话——挂在庭园门边的那一幅，有个老人坐……

啊，那一幅。没等他说完，大师便脸上的笑意骤然熄灭，原来炯炯的目光忽然黯淡下来。

"那老人，其实是一具尸体。"大师沉吟片刻，似乎在回想，"他在那里坐了几天，孩子都没给他送粮食来。就那样，活活饿死。"说了再啜一口茶，叹一口气，"按下快门的时候，我以为他只是在那里打盹。"

"这照片我一直没发表。有时候我觉得它是最成功的作品，有时候觉得它最失败。"

离开宅子之前，他被领着到庭园走了一圈。经过那作品时，他禁不住再端详了一阵。奇怪的是这作品像被偷换过似的，照片的颜色多么惨淡，作为背景的小屋败破欲溃；相中的老人家一脸饿相，两眼合不拢，如同一具不瞑目的尸体。他愣在那里，有点怀疑是谁把照片反过来了。这，是背面。

消失的赵露

所有用户都听从指令,让软件自动升级到最新版本。那以后,她就不再出现了。

人们先是自以为个别,但其实集体陷入一种莫名的沮丧之中——他们的梦中情人,那个每天午夜上线的"赵露"忽然不告而别,已经连续几天没在线上了。有些人实在按捺不住,在报上刊登了寻人启事,顺便也大胆示爱。人们这才惊觉,原来大家失去了一个公共情人,换言之,这城中几乎所有男人都失恋了。

到这时候,所有的广告效应都已经收齐,软件公司这才在一个盛大的新闻发布会上揭开谜底——"她"并不存在。那只是软件公司未经知会而赠送给所有男性用户的"午夜陪谈女伴"(免费试用版)。如今三个月试用期已过,随着软件自动升级程序，原先的陪谈女郎（代号"赵露"）将不复存在，新版陪谈软件必须付费下载，并且备有七款根据国际名模／女星的外形设计的陪谈女郎，任君选择。

这是个喜讯吗？大家说不上来，总觉得怪不是味道。之前不说穿还好，每个男人都自以为在网上私藏了一个温柔美丽的情人："赵露"是我的。起码，每天午夜0:00至02:30这时段内，赵露是属于我一个人的。而赵露却被揭穿是一个庞大的谎言，那些曾经倾倒于这个女子的人，竟有点"被一个婊子欺骗了感情"的挫折感。

这阵子城里就酝酿着这股闷气，借酒浇愁的人突然暴增，自杀率骤升；有不少人恼羞成怒，说要去控告软件公司。闷气就这样升级为戾气，陪谈女郎软件被迫紧急冻结，也有人歇斯底里地登高一呼："还我们赵露！"

而赵露确实已不复返。软件公司最终承认，原来赵露的那个版本有"不可预料"的缺陷，早已被黑客攻破，会招致破坏力惊人的电脑病毒。当然有人建议复制一个改良版的"赵露2.0"加入新版本里。这企划案如今正握在软件公司各高层的手上，大家都拿不定主意，该不该让赵露复活。

没有用的。城里只有他一个人清楚，即使真让赵露还魂也已经不是原来那回事。夹在七女之间的赵露，大概就像金鱼缸里供人选择的女优，再也当不成情人。想到这儿，他不禁兴奋起来……庆幸那段期间他遭遇横祸躺在医院，根本没机会上线。

想着笑着，他把连线装置卸除，开机，看见了被他幽禁在电脑里的，他一个人的赵露。

"你好，亲爱的。"他在对话框里打下第一行字。

完美生活

星期一早上06：25闹钟刚响我就起床了。其实我比闹钟早醒过来23秒但我躺在床上坚持等它响起来好确定这钟操作正常没有故障。我先刷牙洗脸再用原味李施德林漱口我喜欢消毒药水的味道所以我也喜欢滴露我喜欢它们带来的痛感喜欢感觉很多很多细菌的死亡。我吃了两块抹牛油的面包加一杯三合一燕麦片穿早预备好的星期一的衬衫西裤配百搭的黑色皮鞋梳过头拿了充满电的手机戴上手表07：20踏出家门。08：55之前我去到办公室跟仅有的几个比我早到的人说哈啰早安你查我的打卡记录快二十年了我从不曾迟到。星期一的工作和星期二星期三星期四星期五没有多大的差别无非开会写报告签单子发电邮打电话我很快进入状态也很准确地在12：30放下工作出去吃午餐。其实我在12秒前就把预先编排的工作完成了但我坐在那里盯着手表把那多余的12秒打发掉。星期一我到常去的A餐馆吃一号套餐星期二吃二号星期三吃三号直至星期四才转去B餐馆吃一号餐星期五二号。一周里有饭有面有米粉有鸡有牛有鱼有虾有蔬菜豆腐和蛋还有餐后水果咖啡或奶茶营养均衡热量也不高。饭后我回到办公室发个呆马上再投入工作无非又是开会写报告打电话发电邮签单子还亏我稍稍调整了顺序才不至于太过无聊。这家公司我工作将近二十年明年我可以在周年纪念晚会上第一次领忠诚服务奖了奖品是一只手表再过五年拿的是另一只更高档的手表也好到那时候之前拿的手表应该已经坏掉又再过五年公司发的终极服务奖是特别定做的916黄金纪念牌加一份双人旅游配套也好那时候我应该找到伴了吧。对了就这样再发个呆不知不觉到了17：30可以排队下班。其实我完全赶得上17：30打卡但我喜欢等到17：31我喜欢那多出来的一分钟它有一种微不足道的牺牲和捐献的味道而且我喜欢一整排全打印着同一个时间齐整得像一条轨道。他们说我是典型的处女座也有人说我是个强迫症他们都不理解我我也不在意别人怎么说反正就像供房贷车贷一样我四十多了已经把生活过成自己的与人无尤。正如星期一的晚餐我一如既往地吃猪杂粥加油菜和卤蛋星期二在回家的路上打包印度饭星期三到夜市买薄饼和大包星期四吃素星期五回家陪老爸和老妈吃住家饭这样的日子过着过着就安稳了就觉得没什么不好就想保存它不让它脱线。当然星期六和星期日的内容有别于一般工作天它们有娱乐休闲公益团康政治和信仰但我仍然会按着时间表过得有条不紊一丝不苟而且效率不断提高总可以把事情提前做完有余裕盯着时钟看它嘀嗒嘀嗒一步一步赶上。这样的生活很充实不是吗我用半辈子把它编排成功并且实践得如此美满。倒是从上个月底开始每周要到你这儿来一趟而且时间不能固定有点打乱了我原来拼图一样镶嵌得滴水不漏的日程但我明白这是必要的不然我就没借口来见她看她在洗熨得那么干净笔挺的水蓝色制服里婀娜的身姿和洁白整齐得像牙膏广告模特儿才有的牙齿还能闻到她身上那一股消毒药水的味道前面我已经说过我喜欢这味道那么我就不重复了。事实上几次下来还真有点进展上个礼拜我走的时候她正准备关门时我回头问她全名是什么她红着脸小声说□□□。什么什么啊她的声音那么轻我听不清楚呢但她已经把门关上所以今天无论如何我一定要来我等今天等很久了不然这周记上缺了的一块把我折腾得都失眠了一个礼拜。

命运

你觉得自己像个,像个……上帝。

在这之前,你只是个写了很多年却写不出什么名堂来,靠几个文艺界的朋友给拉扯到作家协会里,前几年与文友合资出了两本合集,自此才敢含含糊糊地自称"作家"的,的……作家。

两本"著作"如今还堆放在房子里,床底下就有不少。上个月大扫除,你发现那里成了蟑螂老鼠的温床,心里着实狠狠抽痛,一时气往上冲,决定从此弃笔不写了。封笔之前先去"封博",封着封着,竟不意发现了她。

她在剽窃。是的,她把你正在自家博客上连载的日记体小说,一字未改地放在她的博客上,还标明原创。不,她根本没拿它当小说,而是把它当成自己的日记。那是你模拟怨妇心态写的

"第三者小说",她却把小说当成自己的私密日记。有人读了留言评论,她也真当回事,俨然以文章主人的身份回帖。那些回复可真叫文情并茂,一点不比你的创作逊色。

这可真有趣,比电玩或网恋都更有趣。于是你不去揭穿,反而化名去攀交结识。先是在博客上交流,几番你来我往,终于转到QQ上结为密友。她对自己的事也没实说,但隐隐约约透露了不少。大概在现实中就是个第三者,而且情节与你写的多少有点相似。是因为这样吧,所以才会对你的那些文字感同身受,还直接挪用,把它当成自己的"剧本"。

你开始时感到兴奋,后来却觉得恐怖。你写她买了一套白色礼服,她便去买了;写她烫了个大波浪的发型,她也真去烫了,还给你发照片为证。你还写她与男人争吵扭打,第二天,你在视频上看见她红肿的脸颊与失神的双眼。当然,现在你把"自己"也写进那日记体小说里了,你是她在网上结识的好姐妹。于是,她便像你写的那样,对你言无不尽。

现在你已经搞不清楚这是怎么回事了。你甚

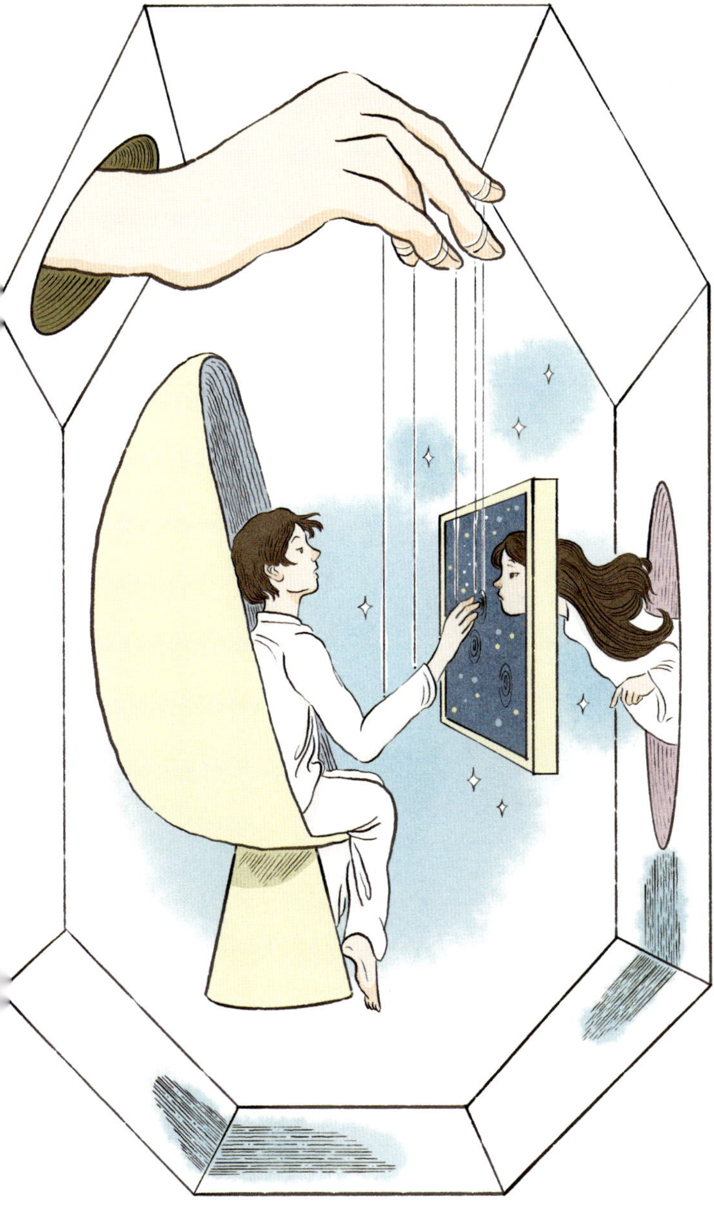

显然她还懵然不知,坐在这里的正是命运的始作俑者,是她的……上帝。

是的,就像你也一直没发觉,我正坐在这里,写你。

至不太了解自己写的是不是小说。你在给一个真人写她的生活和命运！想到这个你不禁手心冒汗。这小说该怎样写下去呢？如果按你本来的构思，小说里的"日记"，其实都是女主人公的遗书……

不急，别忙别忙。此刻你还没拿定主意。反正你肯定这事轻忽不得，你还得好好琢磨，没准就得靠它一举成名，以后再攀上那个富豪作家榜。至于现在嘛，现在你的QQ响起来了。哈，这笨女人。显然她还懵然不知，坐在这里的正是命运的始作俑者，是她的……上帝。

是的，就像你也一直没发觉，我正坐在这里，写你。

错乱

忽然记起,曾经写过一篇武侠小说。千余字的微型小说,连题目都忘了,还发表在报刊上呢,却没存底稿,也没剪报。就如此不知不觉,把它遗失。

慢着,小说的名字似乎就叫《遗失》吧,也可能是《遗忘》……

倒还记得小说的内容。是说一个退隐了的老镖师,有一天突然接到信笺,信上没署名,对方提醒他在中秋之夜到短松岗赴十八年前之约,要比武的,生死无尤。老镖师却因为人老记忆力衰退,已经记不起来者何人也,亦不知道自己是否真的曾经立下此约。他和老伴搜索枯肠,最后还是没想出个所以然,又碍于面子,只得忐忑不安地策马赶路,去赴一个荒谬至极的生死之约。

小说在老镖师抵达前便结束了。他在马上看见幻象,看见自己没来得及问清楚便被对方快刀削下脑壳。那脑中没血溢出,却掉下了一些稻草……

说完。

我忽然想念起这小说来了。我的记忆力正在衰退之中,如今这小说的真伪已无从辩证,它是如此地疑幻疑真。也许我是在梦里写过这小说的,并且也在梦中把它发表过了,甚至很可能在梦里收到了稿费,开心过了。我对它的存在没什么把握,我的朋友谁也不记得曾经读过这作品。但它的文字和结构又是那么地清晰,一字一句,每个段落,仿佛历历在目。我还看见小说里的老镖师圆睁一双凸眼,瞪着掉在地上的几根稻草。那一刻,他大概想搞清楚为什么掉下的是稻草而不是血,更甚于要知道和他立了这十八年之约,并且一刀把他削死的人是谁。

如果我只是在梦里完成这小说,那意味着我现在还可以把它默写出来,随便放个什么题目,让它在现实中发表。这样我可以拿到真正的稿费,或者说,我可以再拿一次稿酬,再开心一回。然而我毕竟没有太大的把握，也许它真的存在过，也许它根本不是我写的。它可能是我很久以前读过然后忘记现在又记起来的，别人的小说。我会这么怀疑，是因为我发现此刻站在我面前的这个圆睁双目，一脸不可置信的表情的老镖师，长得很像黑泽明电影《乱》里面的秀虎。即便是那发型，那服装，那一对快要掉下来的眼球，都分明是被儿子叛变出卖后，精神错乱了的城主。

是的，他的手里抓着一枝芒草。那是什么表情呢，好像是登场后发现配错了道具的舞台剧演员。一时忘了词，还在想，为什么是芒草而不是稻草。

说完。

我是曾三好

你错了,我没有杀死曾三好。我就是曾三好。我才是真正的曾三好。

我承认我杀死了一个"人",可他不是曾三好。再说,他严格意义上算不算是"人",这点也很值得商榷。你可以去查查,这人从来没有一个"人"的身份,他没有父母,没有国籍,没有身份证。你去查查,他连名字都没有,他的证件上只得一个编号。

我说的证件,是一个宠物证。那是一个铁牌子,就挂在他的脖子上。他不喜欢那玩意,常常没把它戴着,你们很可能没在尸体上发现这个。但你可以去找兽医,他们有专用的扫描器可以检测出来,尸体的脊椎镶着一个身份芯片,上面有他的注册号,与宠物证上的编号完全一致。

就这么回事，他是个宠物。我，曾三好，杀死自己的宠物。就像杀死自己养的一只狗，这能构成罪名吗？这家伙是我付钱买的，是我用自己的基因制造出来的，一个复制人。当初把他弄回来，这事情太复杂了。倒不是科技上的问题，而是法律上的事。但我把这些关节一一打通，最后用了个宠物的名义，终于把他弄回家里。

别这样瞪着我看。不就是养一个复制人吗？事实上，我们这阶层有很多人都在养这个。你就当是为了健康吧，你当那是一个活动的个人器官储存库。你如果要想得更远，譬如说，你以为我有一天犯事了，会拿他做代罪羔羊，这也未尝不可。

不管为了什么作用和理由，我一直待他不薄。这个不难理解，我要一个最完美的"后备"。我让他过着最健康的生活，吃最好的有机食物，不沾烟酒，保持一定的运动量。我要让他身心健康，体格良好。我甚至让他在我家中自由走动，看我的书，听我的音乐，与我的家人共处。有时候我也让他代我去参加一些不重要的活动，譬如家庭聚会，新年吃团圆饭，或是去陪我的父母聊聊天。

他做得不错，不，是做得太好了。有时候我觉得他比我做得更像"我"。是的，比我更像曾三好。我的家人都喜欢他。我那老得快痴呆的父母就别说了，连我的妻儿，他们明明知道那只是个宠物，却那么喜欢亲近他。我越来越觉得不是味儿。早上他们在餐桌上谈笑风生，我来了，他们竟然立时噤声。有一次我看见他手里拿着我的杯子，那以后我就开始怀疑他用过我的牙刷，毛巾，睡衣，甚至我的枕头。

你还要我说什么呢？就上周吧，有一天，我听见我的母亲叫他好儿。那是我的乳名，母亲已经很多年没叫我好儿了。我听得心里一颤。我知道，再不除去他，我就别想再当我自己。

听懂了吗？我杀他是因为我要当曾三好！如果我再不动手，有一天会是他坐在这里，甚至我的父母和妻儿都在，他们会对你说，他才是曾三好。

错体

他进入考场的时候,学校的铃声还在响着。他回头向操场上踢球追逐的学兄们瞄了一眼,忽然发觉这种喧嚣的铃声与他睡房里的闹钟声响非常相似。

吵得让人定不下心来。

他看看白衬衫上绣着的名字:陈小光。

老师常常说陈小光是一匹野马,怎样也拴不稳。他现在也发觉陈小光的身体不大听他使唤,总是频频回头恋栈着考场外的绿草地。

陈小光喜欢踢足球,他可以透过这不大"合身"的身体感受到陈小光喜欢足球的程度。嗯,这是属于运动型的躯体,几天没换下来白衬衫,沾上好多咖喱油污和日积月累的汗渍;瘦骨嶙峋却充满力量的双脚,似乎随时可以撑起这轻飘飘的身躯，高高纵起。

他随着队伍鱼贯进入考场，像上次排练一样自然地走到右边数第三行第十个座位……哎呀，这已经不是他的座位了，他现在是陈小光。他下意识地又看看胸襟用红线绣着的名字，没错，他的确是陈小光。

好不容易才找到陈小光的座位。靠窗的角落，离开他原来的位子有一段很长的距离。

他坐下来，身上的校服发出一股很难闻的汗酸味，刺鼻得很。他皱眉，看见自己的两手沾满泥污，十只久未修剪的指甲都藏了漆黑的污垢。怎么陈小光可以容忍这副邋遢不堪的身体啊？他可不一样，有妈妈替他打点一切，从不曾有过这样肮脏狼狈的时候。

也许他应该庆幸，这副名副其实的"臭皮囊"是属陈小光所有，而不是他这个连续三年考了全年级第一名的模范生该有的身体吧！他骄傲地笑了起来。自己从来没有穿过不合身或是肮脏破旧的校服，而且书包总是收拾得干净整齐，所有课本和练习簿都让妈妈用塑料纸包得好好的；成绩册上还有整排的红星，工工整整地镶在那儿。

想着，越发觉得这身体配不上他了。真倒霉，怎么会选上陈小光呢？他打开陈小光的铅笔盒，里面只有两支钝钝的铅笔，一小块裹了一层黑皮的橡胶擦，以及一把短尺。真寒酸啊，用这些东西怎么能考到好成绩嘛！他忽然有点伤感，这次考得再好也不是他的光荣了，老师会把红星画在陈小光的成绩册上。陈小光怎么配拿红星！

他不免踌躇起来。其实他和陈小光并不熟稔，为什么要帮他这一把呢？他举目四顾，偌大的考场里并没有任何相熟的同学。对了，他根本就没有好朋友，妈妈说那些粗野的孩子少惹为妙，只要得到老师的信任便够了，妈妈说……

他听妈妈的话，他文静内向、成绩好、干净整齐，妈妈和老师们都称赞他是一百分的好孩子，以后一定会上大学赚大钱。妈妈说一切都为他准备好了，只要乖乖地走下去，将来必定会成为不得了的人物。

他记得妈妈的叮咛："要拿第一名噢！"所以才巴巴地赶来学校。今天是年终考试的最后一天，他气喘喘地跑到学校来，就看见陈小光躺在食堂的长条凳子上睡觉。顾不得这么多了，他只要一个空的躯壳。

考卷发下来了。他看着考卷上的试题,突然悲从中来。为什么不能轻松一点;为什么要为别人而活呢?他占据了陈小光的身体,不就像妈妈占据了他的生命一样吗?

他走出考场,回头,陈小光正伏在桌子上睡觉。他不考试了,耸耸肩,该去哪里呢?回家吗?还是该回到刚才的车祸现场?

倒装

自从失忆以后,她就逐渐记起。

(医生,你听她在说什么。她神志乱了。自从昏迷醒来以后,她就成了这样,整个人怪怪的,老说她记得她记得,但她其实连自己的名字都记不起来。医生,这是那次手术的后遗症吗?)

没错,她记得。她记得屋子对面的小公园,以后会改成儿童游乐场;再走过去一些的那家花店,后来换了一个老板娘。她有一天会在那里买几枝紫色鸢尾,老板娘对她说这种紫鸢尾,凡·高有画过。凡·高啊,那个印象派的。

(医生,她是学声乐的,成绩好得不得了,都快要毕业了;一场横祸,她现在连音符都记不住,却可以念出一大堆画家的名字来。她说她以后是个画家,就真的不去学校了,整日躲在房间里画许多东西。医生,她还画得挺像样的,几乎闭上眼睛也能描摹出那一幅什么……鸢尾花。)

还有的,还有其他她在昏睡中经历过的情节和见过的画面,都太真实了,她在那里伤过痛过,笑过哭过惊惧过;在那里老了,甚至去世……就在"死"的那一瞬,她在医院的病床上睁开眼睛,惊吓了经过那里的一个护士。

(医生,我觉得她的记性越来越差。你说她失忆,把醒来前的事全忘了,但是她现在好像活一天就忘掉一天的事,似乎连昨日也不太能记得清楚。有时候她会突然用很迷惘的眼神看着我,我总以为她又忘记我是谁了。)

她记得。她记得这女人有一天在屋子对面的儿童游乐场上,为了闪开小孩踢过来的皮球而摔了一跤,然后瘫痪了,到死那天都在哭喊着痛苦。是真的,现在小公园那里已经开始施工了,她每天站在窗前,看到……在动工中的命运。这时候,她总会忍不住转过头,怅惘地凝视她的母亲。

(医生,她记不住我也就罢了,但她的男朋友,人家待她那么好,而且都交往很多年了,我早已把他当女婿看待。可她对人家……我也说不上来,就好像把他当成认识很多年的老朋友,亲近,但又很拘礼。她说她记得这个人,又说他以后会当花店的老板。我不知道她在想什么。)

这种紫鸢尾啊,这里不常见呢。她记得她是这样对花店的老板夫妇说的。然后有一只手接过那一束鸢尾。有人说我们就把它买下来吧,家里那两个小瓜也一定会喜欢。

她记得,她转头看着那人,快乐地笑。

(医生你看,她又在用那种奇怪的眼神看我……啊不,是看你了。)

交易

十分钟，可以换些什么？

六十元，十分钟。都说好了。

好像有点贵……行价是多少呢？她是第一次帮衬这种摊子，对收费完全没概念。只是在商场里走累了，星期日，那里人好多，可以坐的地方都被人占据了。她又不饿，不想走进快餐店，再说，那些店里还不是都站着人；大家都在等，叉着腰的，聊着天的，倚着墙的，戴耳机听着音乐的，都一脸疲相。

那人也是。那人守住他的摊子，坐在折叠椅上，失神地看着眼前的人流。她看出他的累，眼眶深陷着的，眼圈黑着的，胡楂子无声地滋长着的，半长不短的头发蓬松着的。那么，六十元可以换摆在他身旁的另一张折叠椅坐一阵吧。就十分钟！那人见她上门，便有了点精神，说得斩钉截铁。绝不超时。

开始了。这六十元不能这样耗了去，真为了坐下来休息十分钟？才不呢。她多少要赚一些回来，好抵消掉花这钱的愧疚感。于是想到可以写一篇小小说，要是运气好，报社肯用，领了稿费也就差不多了吧。

自然要以那人为书写对象。谁让他赚她六十元。她有点不甘，眼神笔直地落在对方的脸上，便不移开了，打算要让他窘，要他忐忑，而且正好可以仔细观察；记住他的样子，想象他的身世，编造他的故事。

他不觉得窘，尽管觉得那女人有点怪，哪有这样眼对眼鼻对鼻看人的。但他不理，也回看对方，目光浅浅地熨烫过她的脸，眉梢眼角，鼻子，嘴唇，脸上的笑纹。这些细部，他观察得十分认真，自然也发现她的疲惫，大概在这商场走了一整天吧，脸上的彩妆大半都溶了。设想那眼盖本来抹的是绿，便给她添点绿，腮上加点桃红，像是给她还原。六十元，做的就是这些，还得警惕那十分钟的时限。

有些人围过来,又散了去,留下一些指指点点和窃窃私语。他们俩都没有把目光挪开,反正就那十分钟,何妨忍一忍;都不语,相互凝视,让记忆的过程在沉默中进行。

终究只花了九分三十二秒。她看了看腕表,付他六十元,拿走对他的记忆和想象,还有那幅画得真不怎么样的素描。居然有点窃喜,觉得这十分钟的交易,自己好像有点赚。走的时候看见那人收起她刚才坐的折叠椅,把一张画满什么的纸揉成一团,丢弃。

她几乎可以确定,自己已经被忘记。

余生

已经有很长的一段日子,老余总是在梦见自己。另一个自己。刚开始时,老余几乎认不出来,那也是他。

他梦见的自己还很年轻,大概是多年前自己刚调升车间主任,被大家改称为"余主任"时的年纪吧。梦里的自己一派踌躇满志,每天穿着浆洗过的衣服从他家楼下走过。那年轻人总是忍不住在经过时抬头看看他。是的,看老余,一个终日坐在二楼小阳台上昏睡着的老人。

小阳台被装在铁笼子里,里面还堆放了好些杂物与几盆半死不活的植物。老人置身其中,有点像被遗弃了的旧玩偶。可这旧玩偶却总会在年轻人经过时忽然醒来,板直腰,睁大眼,像发现什么新奇的物事,眼睛一眨不眨地瞪着他看。

年轻人觉得这老人真像一个报时器。就是那种被关在老式钟台里的小鸟，每天时间到了，它就不由自主地弹出来布谷布谷地叫。

老余知道梦里那年轻人是怎么想的。那毕竟就是老余自己啊。尽管他那么年轻，而且从衣着打扮看来，他干的并不是车间里的活儿。但是老余可以从他抬头那一瞥中看出来，这个看似满怀抱负，也许在计划着成家的年轻人，正寻思着，我啊，我老了可不能像这老人那样过。

老余看见另一个自己那信心满满的神情，他知道这年轻人对明天充满希望，这让老余感到很抱歉。显然，那个年轻的自己并不知道他只是一个活在梦里的人，而且就活在二楼阳台上这个退休多年后，因为有太多时间无以打发而终日昏昏的老人梦中。

这梦持续了很多天以后，老余就在梦里生出了些别的情感和想法。他隐隐觉得自己对梦中那年轻的自己有某些责任，比如说他觉得有必要向那个"自己"揭穿这只是个梦境，或者他也因为出于某种怜悯而犹豫着是否该继续把梦做下去，让这个活在虚幻中的自己完成他的人生。

这样重复梦着,老余逐渐有了点困惑。他开始怀疑自己才是那个活在梦中的人,活在年轻时的自己的噩梦中。他甚至在梦里回忆起自己年轻时曾依稀做过类似的梦,梦见自己每天碰见一个陷在梦与醒之间的老人。这个想法让老余渴望醒来。因而他每次看见那个年轻的自己在梦中走过,就竭尽全力睁开眼睛,希望醒来时会发现自己正在某个赶着上班的清晨中,而不是在一个淤积了许多旧时光的笼子里。

这就是原因了。尽管医生三番五次预告老余快要不行,他却惊人地活了很久很久。

在我们干净无比的城市

没有什么好投诉的,这么好的一座城市。

你刚刚才启动了它的抗污染装置,让它悄无声息地进行了一场消毒。

一整座城市的人,包括你,一点没察觉消毒的进行时。高科技嘛,它正式投入使用前已反反复复经过许多次(无动物)的实验,证实人畜无伤,百分百安全。

据说现在所有建在云端上的空中城市都采用了这一套系统,还因而有了个新世界城市大联盟,矢言一起努力对抗污染;各城市签下协议,每年定期定时一起启动装置,"让细菌无处可逃"。

消毒程序没多复杂,消毒材料无色无味,也没有任何化学作用。在这样的星期日下午,你坐在阳台上捧着一杯煎茶看了看报纸,顺便读一读

《文艺春秋》上黎紫书写的微型小说专栏，中间打了个盹，再睁眼时发现外面的天空变得湛蓝了，空气清新了，噪声没有了，隔壁那讨厌的一家人全都消失了。原来这城市已完成消毒，城中所有顽劣的恶元素全部消失无踪。

这真好，但还不是最完美的。反正星期天嘛，你无所事事，忍不住花点时间用了点心思，给这程序弄了个更高级更细致的设置。负能量调到零吧，种族歧视和性别歧视之类的各种指数也该尽量调低，至于那些反智的，没教养没水平的粗鄙的言语，当然也该消音（此一项目底下另建指令：斥责政府和国家政要的任何言论，不包括在内）……这些设定复杂得很，但启动的方法十分简单——控制器内置在食指里，方便得很。你像指挥家那样举臂甩一甩手，一轮更彻底的消毒行动立即展开。

你哼着小曲，再到厨房去煮开水泡另一杯煎茶。待你端着茶回到阳台，马上察觉这城市又有了些变化。它更安静了，对面那窗户本来一整天播着俗到不行的流行曲，这下再听不见了，你家播着的《命运交响曲》因而听来分外有力（楼下听的巴赫音量虽小，也冒出头来了）。再看看街角那一间装修过度、品位恶俗的独立式洋房，不知什么时候居然凭空消失，只剩下一片空地。

房子里的人呢？你有点错愕。"可是这也不错啊。"你想。毕竟你一直都抱怨那房子太碍眼了，有时候会在噩梦里见到它。"简直就是对视觉的一种强暴！"

是的，消毒还在进行中。在人们浑然不觉的时候，这城市正有许多物事一件一件地消失。你拿起桌上的报纸，明显感觉到它变轻了，页面少了许多。"没什么不好啊。"你想。报纸印那么厚厚一沓干吗呢？少用几张纸不知可以挽救多少棵树。

放眼望去，路旁的树木其实没有增加，可是你觉得整个景观青绿了不少。你心旷神怡，又翻开报纸，里面全都是你觉得有意思的新闻。这份报纸显然已经消毒过了，它以后再不会报道你厌恶的政党和政客，也不会再有那些让你恶心的评论以及让人烦死的娱乐消息。你忽然想起来刚才还没把黎紫书的微型小说读完呢。再翻到《文艺春秋》，咦，那专栏已经不在。

"也好啦,"你想,"反正我也不怎么喜欢这作者写的东西。她的小说总是太黑暗了。"

星期日的下午真是个适宜消毒的好时刻。整个消毒过程就这样,无声无息,无孔不入。你果然就和其他人一样,始终没有发觉自己正在……不,已经消失。

那一夜我们一起离开酒吧

我的影子回来了。

阔别数十年,我们在一家音乐器材店里重逢。这天还是我正式退休的日子呢,真值得庆祝一下。我们走进酒吧,一杯接一杯灌进肚肠。

酒吧里每一个人都忍不住打量我们,想的是一回事——这么个肥满臃肿的老头,拖着那么精瘦俊美的一条影子。

我觉得骄傲极了,这把年纪了竟还有自己的影子,是多么稀罕的事。

我的影子对这一切无感,一晚上径自低头喝酒。酷成这样子,可见别后经年,他必然经历了许多事。

我让他讲一讲自己的故事。就从我们分开的那一天说起吧!实在说,我真不知道具体是哪一天把他弄丢的。那时我俩形影一致,但他像空气那样轻盈,行动像猫一样无声;本来还是亦步亦趋的,忽然招呼不打一声就走了,我居然没感觉到一丝痛楚。

我只记得最后一次看见他,我到旧楼天台那里向乐队的几个哥们儿请辞,说我不玩了。他们自然很生气,那时大伙儿在筹备着即将要来的演出呢,我这么一走,等于打翻了热腾腾的一镬粥。

"我记得,就为了公司里一个升迁的机会。"我的影子冷笑,一脸嘲讽的意思。

"不是的,是为了要结婚呀。"我纠正他,"我女朋友都嚷着要分手了,你知道的。"

记得那日我仓皇离开,刚走到楼下,忽然一盆花连盆带泥从空中摔下,在我的背后轰然炸开。我往地上一看,碎落的花盆正中我的影子,像是他把所有的悲伤与愤怒抱个满怀。

那时他还在。

"下一刻就不在了。"我的影子说,"我躺在那里,看见你拔腿就跑,却没有起来跟你一起走。"

原来是那样啊,在我奋力甩开过去的时候,一个不留神,竟把影子也甩掉了。

后来发现影子不在了,我并没有太难过。小时候,父母和师长已一再告诫,丢失影子是像出疹子长水痘那样平常不过的事;正常人只要长大了,成熟了,总得经历这一回。当日乐队里的朋友们,曾经拿他们庞大而傲然的影子唬我的,后来不也一个接一个地把影子搞丢了吗?

所以我没有去寻他。我把印象定格在当日的那一幕——他被一盆花砸中,胸口泥土四溅,像是被炸开一个大洞。我总以为他像壁虎落下的断尾,离开了我,终究是活不下去的。没想到他居然背着我活了几十年,有了自己的经历和故事,以至他今天看来尽管掩饰不住地落魄,却自有一股神秘的魅力,轻易让人倾慕。他就坐在那儿横眉冷眼,对所有的人和事都不屑一顾,竟能让周围的人神魂颠倒。

我们在酒吧里坐了三个小时,前前后后有七个女人上前来对他搭讪。其中有一个,貌似与我攀谈,其实眼角余光都贪婪地舔我那影子上的脸。

我觉得没趣极了。眼看我的影子像气球一样,人们每瞟他一眼,就像打气似的,让他高大一些,以致我后来被他挤得坐不住了,便愤而起立,说,我该走了。

我说"我"而不是"我们",我的影子听出来一种逐客令的意思。他看我一眼,那种受伤了仍然他妈的孤高不可一世的眼神,忽然让我感到一丝爽快;仿佛一晚上我就等这一刻,狠狠地伤害他,把他割舍。

我和我的影子最终不欢而散,却还是步履一致地一起离开酒吧。我和他都清楚得很,他是我的影子,不管这世上有多少人多么地喜欢他,他喝下去的酒,最终只有我一个人愿意为他买单。

辑四 送别

钥匙扣

她想,是那女人来了。

这一幕是她从未预想过的。要不是那女人掉了一串钥匙在地上,她便不会留意到那个钥匙扣。那是她再熟悉不过的钥匙扣了,一个半圆形的"喜"字,银灰,合金制品。

她听到自己的心"咯噔"响了一下。然后,目光便顺着女人的指尖溜上手腕,臂膀,脖子,脸。

她说不出来这是怎样的一种感觉。要是在十余年前,她会以为对方是来摊牌的吧。可如今男人坐在她们之间,目光空洞地凝视某处,仿佛对周遭一切都无动于衷。人家当然不是要来跟她争的,这男人已经没有了被争夺的价值。

有那么两三分钟,她和丈夫,还有那拿着

"喜"字钥匙扣的女人,就那样安静地坐在公园的长椅上。有几只鸽子飞来,落到三人的脚下。她把身体往丈夫靠拢一些,也特别温柔地把带来的鸟饲倒了一些在丈夫的手心。男人很高兴,显然,随着他的病情加重,终于把家人全都忘记以后,到公园喂鸽子成了他每天最喜欢做的事。

男人给每一只鸽子取名,跟它们聊天,把它们当老朋友般对待。可他记不住人们的脸。有时候早上醒来,他会以一种充满疑惑和戒备的眼神,像打量陌生人似的瞪着她看。尽管如此,他偶尔还会掏出钥匙来把玩,并且对着那钥匙扣怔忡良久。

一个半圆形的"喜"字。银灰色,某种合金材质。

那是许多年前,男人调到外地去工作两年后,带回来的一件随身之物。她看出来那"喜"字里藏了磁铁,可以猜想它本来与另一个对称的半圆形相连。是半个"囍"字啊。她忍住不问,但暗中观察了好些日子,发觉男人的行踪和银行户口都没有异样,也就决定不去提起了。

十多年来,他们移民,并且搬了三次家。可

无论搬到哪里，换了多少次门锁，丈夫用的都是同一个钥匙扣。一个不圆满的"囍"，一个孤单的"喜"。它夹在其他钥匙之间，看来也像一把钥匙，能开启一所她不知道的暗室。

一年前医生宣告了他的病，并请他们做好准备，她才终于按捺不住。有什么事要交代的吗？男人摇摇头，却同时把手伸到衣袋里，像在翻找他的钥匙。

想到男人当时隐忍的表情，她忽然心软了。于是她站起来，对男人说自己要上厕所，并把手里拿的一小包鸟饲交给那女人，说自己的丈夫神志不太清晰，请对方帮忙照看一下。

"十分钟，十分钟后我就回来。"

她走得不太远，却也不太近。十分钟以后准时回来，那女人把鸟饲还给她，也没说什么话便离开了。女人看来如此友善和从容，男人也依然无动于衷，以至她不得不怀疑这纯粹是个误会。至于数日以后，她发现男人的钥匙扣少了那半个"囍"字——由于男人压根儿忘记了那物事曾经存在，她也就无从追问了。

事后烟

看他把烟叼在嘴里,女人知道一天又要过去了。

女人卧在床上,眼睛是睁开的。总以为这样凝视倚窗站着的他,凝视,可以将这瞬间冻结起来;画面可以定格,只等着以后无声无息地褪色。

画面终于被窗外的阳光吞噬了。他的身影灰色,优雅地将叼着的烟拿下来,扔到烟灰缸里。女人闭上眼睛,问他:"要走了吗?"

嗯,要走了。

他走了,女人的一天便灰暗下来。外面的世界明明是暴晒着的,女人却看不见光。她等他开门离去一阵子后,才起床淋浴,穿好衣服,捡起烟灰缸里被男人扔掉的烟,用纸巾包好,放进手提袋,离开酒店。

才晌午，一天便过去了。女人在路上闲逛，在闹市，在车与行人乱糟糟的十字路口，很吵，她站在横七竖八的路牌下，如遇溺者听到淹没。她迟疑了很久，行人灯绿了又红红了又绿，女人终究漫无目的，就是不想回家。

怎么办？就这样下去吗？一个月见那一两次面，开房，云雨。他早上来下午走；女人稍迟，一个人办退房手续，总觉得房里的事疑真疑幻，只有手提袋里被她捡起来的烟，算是有点做证的意思。女人有点恨的，怎么不呢，看他每次小睡一阵，起床洗澡穿衣，再把烟拿出来叼在嘴里，伫立在窗边，凝视很远的某处。女人明白两人之间没什么好说的了，那烟像个信号，告诉她，要走了。

那就走吧。她转个身，继续假寐。

明知道不该再这样玩火，但女人抵受不住，电话来，还是去了。他有家室，女人知道，有家室就有家室吧，转个身假寐，不当一回事。等他走了而自己也不得不退场，才去捡起他叼在嘴里却从未点燃过的烟。

他答应过他的妻不抽烟了。真的没再点燃过

一根。女人也是在第一次欢好以后,在酒店房里,知道他有这癖。有试过给他点烟的,用酒店提供的火柴,但火柴凑近他就别过脸,说,别闹。仍然咬着烟的滤嘴,叫她别闹。那是第一次,以后那被羞辱的感觉便没有散去过,女人自觉像个妓女。

电影里说,这一支叫事后烟。女人安慰自己,他只抽沙林薄荷,三年了都没变。依然是每个月见一两次,女人每个月捡他一两支用作解癖过便被遗弃的烟。滤嘴上有他的牙印,留下痕迹了;但他的口腔里不会有尼古丁的味道,女人以舌头探测过;激烈得让人想痛哭的吻,女人好几次有要咬破他嘴唇的冲动,都被识破,避开了。

他说,别闹。

女人一整个下午都在街上,没有闹,从不曾。她知道他喜欢女人的安静,只有在云雨的时候例外。她在床上又哭又喊,然后累,睡去。醒来见他在窗边。嗯,一天;不,一个月又要过去了。怎么办。

她终于还是要回家的。门前的灯调好了七点钟会自动亮,但未及七点,女人坐在渐渐沉沦的暗中。很累。从手提袋里找出那根烟,和酒店里带回来的火柴,点着了,空气中升起干性的迷香。她咬他咬过的滤嘴,开始抽起烟来。

她·狗

起初,那只是一条流浪狗。

等她察觉自己已经把这邋遢的丑家伙养成宠物时,便想到该给它取一个名字。

她的情人,每周有两个傍晚会在妻子上班后开车过来,夜里摸黑离开时看见守在房门外的狗,便叫它"杂毛"。

"滚一边去,杂毛!"

她没起床来送他走,却像狗一样蜷缩着身体守在被窝里,听到门外这一声"杂毛"以及狗所回应的缄默,便没来由地感到心酸。

"你过来。"她对着房门招呼,男人和狗居然都听懂了这里头的"你"指的是哪一个。男人头也不回,狗倒是飞快地从男人脚边蹿过来,在床边朝她猛摇尾巴。

她伸出手去抚慰狗儿，眼睛也看着它的，耳朵却关注着房门外的动静。男人穿了鞋子，带上两重门，房子便像硬硬吞下了一声凄咽，暗处更漆黑，静处更阒然。

狗像看出了她的惆怅，伸出舌头轻轻舔她的指头，她的手。

"好狗儿，"她说，"给你取个名字吧。"

狗儿没说好不好。她自己倒是为这想法怔忡良久。本来只是一条流浪狗啊，她甚至一直没打定主意真要收留它。不过是一个下雨的晚上狭路相逢，她停下脚步多看了一眼，那湿答答的小生物便以为那一眼里头有怜悯的意思或别的暗示，遂从垃圾堆里钻出来，不远不近地在后头跟着走。

她没试图吓阻或驱逐，也没再回头，却是撑着伞愈走愈急，心里想这路很远呢，还得横越马路和上天桥什么的，有本事你跟上来啊，跟上来我就管你今晚的食宿。

没想到那狗可怜巴巴的，淋着雨，一路尾随，穿过马路与巷道，经过一个个灯火璀璨的橱窗，竟真的跟她走到住处的楼道口。她心里早已反悔了，却忍不住回身，看见狗在雨中眨动着忧伤的眼睛凝视她,她便想起自己初来这城中的第一个晚上,不也下雨吗?她挽着两个胀鼓鼓的行李袋走在急雨中,在人家檐下避雨还被赶呢。唉。

她悄悄地领着狗走上楼,楼阶早被前人踩湿了,狗的爪子还是像印花似的戳在一摊摊的纷乱上。

狗就那样住下来了,总是因为她一天拖一天地没狠下心把它撵走,还一天比一天地待它更亲近一些。她的情人自然是不喜欢房子里养着狗的,说她怎么心这么软,让房东知道了怎么办?说着套上毛衣,推开房门。

"滚开,杂毛!"

她没有抗议。抗议也没用吧?以前他们为别的事情争执过,男人利落得很,无言语时甩门便走。

"你去哪儿?"

"回家!"

如此久了,她也就和那寄人篱下的狗一样,一声不吭地聆听着男人走后,那被关门声放大了的静寂,再由静寂放大了的,她的委屈。

无论如何,狗是她的。她决定了,不能随随

便便让男人给它命名。

但她可不曾为谁取过名字。就连去年在她肚子里住了两个多月的胎儿,终也只是颗没名没分的泡沫。为此,给狗儿取名于她竟成了件庄重的事,仿佛那是个仪式,接纳它,向它宣告,这儿是你的家。

那一整天她都在给狗儿想名字。下班回来时,看见头上的积云像泡过墨水似的,便急匆匆赶在下雨前带狗儿到街上遛一圈。其实是该带着雨伞的,可她却忘了,所以在路上碰上斜飞的雨丝时,她只有急忙拽着狗儿往回走。然而狗儿忽然犟着不走了,还兴奋地朝着另一头吠叫,尾巴甩得像个风车轮子。她抬头,看见对街有个妇女朝这边举臂疾呼,可鲁,可鲁。

她愣了一下,马上便明白了,可两手却把带子揪得更紧一些。不要走不要走不要走,求你了。

狗儿当然听不见她心里的声音,反而更铆足劲,一下如箭离弦,挣脱了她。

"不要走!"她一急,心里的声音像炮弹似的冲口而出,"回来!回来啊!杂毛!杂毛!"

她叫喊的声音那么尖厉,路上自然有好些人

对她行注目礼,多难听的名字啊。可杂毛,她的狗,冲出去了终究没有回头,仿佛不晓得自己有过这名字。

胜利者

视频打开,出现在那里的,是一个女人。

果然是个女人。果然是。尽管不出预料,她仍然心里一沉。却没怎么迟疑,她向对方展示了一个礼貌的笑容。

第一次见面,可彼此都心里有数。那女人虽然错愕,却只是愣了几秒,马上便了然于胸。所以,虽然神色有点尴尬,可是也笑了,那笑便是一种默契,有心照不宣的意思。你好。对方说。

她颔首不语,静静打量屏幕上的女人。像素低了些,分辨率不太好;还有点背光,影像不很清晰。她在想,就这样吗?人们就这样不清不楚地谈起恋爱来,连样子都不必看真切。可以没有温度,可以没有触感。

她还没说什么,对方却开始流泪。她其实没

有看见眼泪，该死的背光效果。可女人天性中的敏感，让她"感知"对方在哭。这让她愣了一愣，便忘了原先想好要说的话，自己也有些伤感，甚至感到同情，鼻尖一酸，也落泪。

两个女人就这样，隔着时空地理，各哭各的。她瞥见视频上的自己，有点后悔之前没把头发梳好。于是她把眼泪拭去，继续以礼貌而近乎尊贵的神态，对那女人，也对着视频上的自己，微笑。这样看来，会像一个胜利者，像一个正室。

"你已经猜到了吧，他死了；车祸，上个月的事。昏迷了几天才死。只醒过来一次，说不出话来，只是看着墙上的钟。那时是十一点半，晚上。"

说到这里，她低下头，不想让对方看见自己的黯然。"其实我老早发现了，每天晚上十一点半以后，他总是一个人在书房里，上网。有多久了呢？一年？一年半？"她说着昂起脸，直视对方。

那女人沉默。那就是默认了。她冷笑。哼。你们什么年纪了，怎么会玩这个？我觉得真荒谬，他这样算不算是有了……外遇？

这回是对方低下头。在她眼里，那是心虚，

也可能是羞愧。那女人静默好久，才问，你怎么会知道，是我。

"那不难，打开这messenger，就只有你一个。"

视频的像素明明不好，但她确信自己看到了对方一脸激动。是惊喜？是悲痛？而她等的就是这一刻……等那女人自以为是胜利者。

"当然，要打开他这账户，还得先找出密码。我试了几天，今天才成功。"

"那密码，是我和他的，我们的结婚纪念日。"她抬起下颌，笑得凄然，但尊贵。

赢家

她忽然觉得应该说了。就在他们的金婚纪念晚宴上。

儿孙们给办的宴席,亲朋好友都来了。五十年啊,二老恩爱如昔,谈何容易。他们一生节俭惯了的,自然不愿这般铺张,但拗不过小辈们,况且想想也对,活到这把年纪,一辈子胼手胝足养家活儿,这晚年的福难道受不起么。

就在切了蛋糕后,老伴被请上台说点感言啊谢词什么的。那老家伙喝了点酒兴致便高了,越扯越远,说起以前怎样打拼吃苦的事。说到最艰难的那段日子,差点没淌下老泪。"哪像现在,你们坐在家里炒炒股便能大把大把银纸赚回来。"他看了一眼台下的老妻,不无感激的意思。"那时候一家人要吃饱饭都不容易了,孩子还得上学,不时生点小病讨点小债,我们没多余钱,顶多只能每月省下来买一张彩票买个希望,希望老天垂顾。"

她微笑,却不禁红了眼眶。往事历历。就在那一刻,她意识到这便是她等待了几十年的时机,该说了。

"其实他说得不对,我赌过的,还大大地赌了一局。"到她上台说话,便直接说了,"那一局,在三十多年前,我赌了个天文数字。"

人们哗然。老太太怎么啦,也没见喝多少,腰背还是挺直的,眼神还是清澈的,不像在说醉话。她洞悉人们,包括她老伴的诧异和疑惑,便深深吸一口气。

"那时他把彩票交给我,每个月开彩都由我去核对。有一次,对出了个二等奖来,奖金八十万。"她有点紧张,得先清一清嗓子,"我那时兴奋得很,马上跑去他工作的地方,想告诉他这好消息。也真是乐昏了头,还穿着木屐,在街上没命地跑。"

"可是我一边跑一边冒冷汗。我在想有了这些钱以后的日子就好过了,可以有新房子,有车子,有新衣服,孩子有好吃的,可以上好学校。可是,有了这些,以后呢?"她缓缓抬头,看向半空,似乎那里上映着当年的一幕。

"那个'以后'让我一片空白,我什么都想不出来,忽然感到很害怕。"

"我真笨,不知道该怎么办,一个人站在街头待了好久。后来,后来,后来我……"也许因为全场一片寂静,气氛很怪异,她忽然没了说下去的勇气,便涨红脸开始哽咽。正尴尬处,一只苍劲的手搭上她的手腕。

"还说什么呢,今晚不就是后来了么。"

自满

救了两只小猫咪,她可开心了。

两只呢,全身而退,一只也不少。之所以如此开心,是因为这事情难度太高了。

两只小猫想必是因为好玩,在她家院子里,把通往下水道的涵管当滑梯,却因为那水泥管太长太陡,爬不上来了,于是喵呜喵呜彻夜哀叫。

她本来不以为意,以为爱猫的马来邻居又收养了爱吵的新猫咪。傍晚时她发现平日常在她家院子里晃荡的母猫,伏身在涵洞外怪叫,才惊觉不妙,马上抄了手电筒往里头一照,果然看见那狭长的涵管尽处有猫影晃动。

老天!在这里!

拯救小猫的行动马上展开。她一个人,还是个物理白痴,因而一直有个冲动想找他帮忙,却又好不容易把这想法压下来。以前要遇上这种事，肯定会是他动手，她只有在一旁干着急，或是当个助手，替他在工具箱里翻来找去。即便那样，她也时常被他小责或取笑——怎么连工具的名字也搞不清楚？而且总是慌慌张张的，干点小事也常出差错。

眼看天这么晚了，她打开工具箱，脑中一片混沌，又听得小猫的哀叫愈渐凄凉，忍不住再掏出手机，却想到他必然以为她只是故意找个借口想要修好，而自己恐怕还真会因此心软，又跟他瞎缠，直至下次他们再争吵，再分手。她咬了咬牙，深深吸了一口气，脑里似乎真有一台生锈已久的机械，慢慢开动。

她想法子运了半杯猫粮和水（原来满满的一杯，抵达目的地时只剩下小半杯），又找来绳子和晾衣夹，动手做了应急版和改良版的两套"救生梯"，却不太能说服自己那东西能有作用。凌晨三点时忽然福至心灵，她拿着手电筒和工具箱里找来的剪子，到后院的篱笆上剪下一截铁丝网，剪成三长条后，连接成十尺来长的一卷，把它铺展到排水管里，好让小猫遁径而上。做完这些，天已微亮，她漱洗时才知道两手遭受的剐伤、擦损，还有被磨出来的水泡，还会加倍再加倍地痛。

那时刻她忽然想给他发简讯，申诉一下这苦，必定能从他那里得到一点呵护。可转念一想，他能给的顶多是一点温言软语吧，其实丝毫不能减轻她的疼痛，遂打消念头，自己去打开紧急药箱。

正想上床时，听见外头淅淅沥沥，竟然下起雨来了，雨势还不小呢。想到雨水会灌进下水道，两只小猫却还没发现她为它们准备的逃生之路呢！她以为一晚上的辛劳马上要付诸流水了，不禁感到焦急和悲愤，当时想到的也还是要联系他，让他来想想办法。

可是，这样的时候，他能有什么办法可想呢？总不能让雨停下来吧？无非是说些安抚的话，告诉她谋事在人，成事在天；去睡觉吧。既然是那样，她最终放下电话，叹了一口气，静静地祈祷。

也许是祷告奏效，小睡后醒来，发现雨停了。两只小猫已爬出洞口，累倒在雨后的阳光下。她把它们捡起来，稍微清洗，静静等待母猫出现，并且终于在下午见证了它们的团聚。猫儿们离开以后,她裁了铁丝网把那涵洞封住,终于觉得事情完结,自己居然独力支撑到最后。

洗过澡后,她倒头便睡。在合上眼睛至沉沉睡去之间,她有非常短暂却十分清醒的几秒钟,为自己感到骄傲。是的这真了不起,这么一个不可能的任务,她把小猫救回来了;还有更难的是——她始终没有找他。在迷茫的时候没有,在疼痛的时候没有,如今在欣喜和疲惫中,也没有。

镜花

真要命。她让我说故事。

见面之前我就答应了,给她说一个故事。否则她不会来,也就不会有一顿不错的晚餐,还有刚才那一场天翻地覆的肉搏。

可我没想到她会挑这种时候。她不晓得这时候男人只想睡觉么?再说,我没有动听的故事可说。

要不,来点黄段子?

"告诉我,你至今为止做过的最愚蠢的事。"

她躺在我身边,头枕在我的臂上,朝我的耳蜗嘘声说:"听好,是'最'愚蠢的事。"

这声音像在催眠。我昏昏沉沉,闭上眼,居然不必太费劲,很快听到了列车穿入隧道时的声音。那声浪犹如山洪,夹杂着一些破碎的、不连贯的画面，奔流到这小房间。

我恍惚又看到了镜像里的女孩。那浮现在黑底窗玻璃上的一张落寞的脸。

"很多年前，还没毕业呢。我坐一天两夜的火车给人家送行，把她送回老家，然后独自坐两天一夜的车回来。"

"就那样？最蠢的事？"

我不知道。但她是那样说的。她说你怎么这么蠢？你笨死了。她扯着我的衣袖，眼睛急出泪光。她说你啊不清楚自己的情况么，快连饭都吃不上了，还拿那一丁点生活费去买车票！我没看她那么生气过，一直拉扯着我要我去退票，把钱换回来。

我也生气了，在车站里和她吵了一架。后来我们一前一后上车，黑着脸坐在一块。她靠窗，总是面向窗外。对面坐的是一对本不相识的中年男女，男的有家室了，出来办差；女的风韵犹存，自称是个寡妇。两人很投契，也是那男的嘴巴像灌了蜜，他们很快对上了眼，先是眉来眼去，很快勾肩搭背，抱在一块了。我和她把整个过程看在眼里，有一小段时间那对男女走到过道上活动身子，我那时气早消了，便想逗她说话。可她幽怨地瞪我一眼，说你们男的都这死相，一转眼就把自己的女人忘了。

"一转眼就忘了。"她别过脸，重复说了一遍。

我觉得有点冤，但想不到该说什么，也生怕说错，便唯有缄默。但我看见的，我看见她的神情映在窗玻璃上，浅浅的。窗外的风景轰隆隆地往后奔涌，她的脸看来像浮在水上渐去渐远的一张照片。

一路上，我们几乎没怎么谈话。比起对面那打得火热的一对，我们反而像陌路。我尝试要与她和好，可她不知怎的特别不讲理，也犟，也拧，好几次才刚和颜悦色了点，总又有别的什么惹她烦。我自己也躁，热脸几次贴上冷屁股，便泄气了，再不想自讨没趣，索性闭上眼。本来只打算养个神，没想到真睡着了。那车厢像个大摇篮，咣啷咣啷，我们居然都沉沉睡着了，什么话都没说上；祝福啦，珍重啦，都没说。

我总觉得火车到站以前，我曾经醒来片刻。也许没完全清醒，只是迷迷糊糊地睁开眼睛。她歪着脖子枕在我的臂膀上，我不忍惊动，只有怔怔地看着她一头乌黑的头发,目光再流向窗外。外头漆黑一片,她的脸浮在窗玻璃上。微微蹙着眉,脸颊有泪痕。

仿佛做着伤心的梦。

"是初恋吧?"

我想我大概睡着了,没来得及回答,也没有把故事说下去。床上的女人没有追问,她当然明白那只能是一个没有后来的故事。这是个聪明的女人,一如她的网名那样神秘而睿智。昨晚看见她的第一眼,我就知道她已经明白了,我只是个出门办差的已婚男人,这城市的过客。

明朝她会很早离去吧?就像以往我约见过的其他女人一样,深更时才突然想起有个家在等着自己。我总觉得黎明时我曾经醒来,也许没有,只是迷迷糊糊地听到耳畔有女人的声音。像是咒语,又像是祝福。

她说,那样最好,一转眼就忘了。

送别

情人已经离去。在机场,他们最后一次拥抱。

两人心里都清楚,所以抱得更用力一些,当然也吻了。还是她先挪开,直视他的脸。

"该走了。"她微笑着说。自知这笑有点苦涩,但不至于悲伤,不过是有些遗憾罢了。而他也不真的十分难舍,都说好了,人生就这样啊,现实一直都不让人多做申诉和辩驳。

然后他转身,她目送他的背影走远。好像还看见他在人流中回过头来瞥了一眼……那就是最后了。她想,这要是电影,这一眼以后就该出字幕了。

他们的故事其实也有点电影感,她想到《廊桥遗梦》,而他说他想起《迷失东京》。噢,看吧,两部片子隔了有七八年,正好是他们之间的岁数差距。有电影可谈，他们就不愁没话题，十五天里除了像情侣那样缱绻，也时常会说起一些电影和音乐。怪的是反而不像以前在网上聊天时那样亲近，少了很多情话；那一句常常打在聊天板上的"我爱你"，到两人终于克服千山万水的阻隔，见了面，真实地拥抱和亲吻过了，反而感到难以启齿。

她知道彼此都察知了，感觉不对劲啊，是想象与现实之间的落差吧。然而都没说穿。反正人都来了，乘了快三十小时的飞机。再说他们早已过了天真的年龄，这情形，见面前不是没设想过。

他们甚至在网上谈过这个。他问："要是见了面，你发觉不喜欢我，怎么办？"她躲开那问号。也许因为年长，她总是比他多想了一步，看远了一些。她那时担心的是，要是见面了，自己陷得更深……怎么办？

十五天里他们什么都谈，却没有提起将来。或许也提起过的，但那"将来"并没有对方的名字。不提，便意味着放弃。明知道没有结果，不值得再费时费力。

因为两人都理智，所以最后的拥抱虽然那么

用力,却终究谁也没落泪。只是她终究比他年长了好些,总会想得更远、更深一些。因此,离开机场回家的路上,她的车子开得十分平稳,一直维持着介于超速与不超速之间的速度。

她想着回到住所后,要花一点时间打扫房子,清除情人的气息。洗床被吧,扫地,扔掉茶几上枯萎的玫瑰……直至想起书桌上的电脑,还有那为了他而长期设于在线状态的聊天工具。她忽然发现自己刚送走的,不是一个,而是两个情人。

要是她早些想到这点,刚才那拥抱,她必定会更用力一些,也吻得更热烈一些吧。而她竟然忽略了,这让她感到懊恼。于是在清晨的高速公路上,在时速110公里与120公里之间,她一个人抓着方向盘哭了起来。

不觉

男人说对不起,没有想念。那是在一个星期天的购物商场里说的,周围的人很多,杂音纷呈。对方在电话那一头听不清楚,他只好重复一次。

"对不起,我,真的没有想念。"

他这边很嘈杂,但他听得到对方那边的静。也不久,对方竟然哭起来了,呜咽着发出咬牙切齿的声音,你太过分了,你永远都是那样子。

男人那时坐在广场底层的一家西餐厅内,一边听电话,一边用手指在餐牌上示意,点了他的午餐。有点不耐烦,当初不是她自己选择离开的吗?是她说不能忍受这种长期恋爱关系,在几次提出结婚而被他闪避过去以后,她终于死心。"我们完了,七八年的感情就这么完了。"

那现在算什么呢?她跟着一个外国人走,再

过几日婚礼就要举行了，却在这时候给他打这通电话，问他有没有记挂，有没有想念。男人环顾熙来攘往的四周，觉得一切跟平时没两样，自己还是像往常那样，到星期天习惯了要去的地方，做惯常做的事。他真不觉得她走了以后生活有什么缺失，然而他还是认真地想了一下，再回答她。没有，没有想念。

后来她又说了些什么呢？男人有点听不下去了，无非都是埋怨吧，像过往那样，说他没有家庭观念，没有责任感，没有把她放在心上……最后的结论总是："你根本没有爱过我。"

关于这个，男人通常不争辩，那是辩不明的，难道要把心掏出来不成。再说，他自己也没把握，到底有没有爱过。现在他不是一个人悠闲地在逛街么。到常光顾的餐厅，侍应生照常礼貌地跟他寒暄，他还说了两句吃豆腐的话，让那女孩笑红了脸。有谁会看出来这是一个新近失恋的人吗？不会吧。要是连想念也不曾有，他无论说什么，听起来都像强辩。

他说，祝你幸福。对方语塞，再无法数落下去。沉默半晌以后，那边传来她的哭腔。你也是，要好好保重啊。这一回,男人强烈地感受到那哭声里的爱与不舍了,妈的,还真有点感伤。于是,他随口说了句道别的话,把电话挂断。

"不要把好好一个星期天毁掉。"他看着女侍应把食物和饮料放下,忽然没头没脑地冒出这样一句话。那女孩笑笑,说你今天好奇怪。他一怔,哪儿的事?女孩斜眼看一看他桌面上的鲜橙汁、西泽沙拉和蘑菇汤,笑。

"我从来没见你点过这些,那都是你女朋友爱吃的。"

青花与竹刻

他们说我失去了一对青花瓷。

他们说,是清代的东西。纹饰一是冰梅,一是双犄牡丹。青花五彩,画工精细。他们描述得那么详细,就像他们当时也在场,也陪你一起物色与鉴赏。

他们要让我相信你对我的情意。那一对青花瓷确实是存在过的,即使他们后来掰开你的手指取下来的,是一个竹刻笔筒。

地震的时候,你就做了这个吗?抓住一个笔筒。那时候,我却是穿着围裙在厨房里团团转,两手和脸上都沾了些面粉。我说我要做你喜欢吃的焦糖核桃派,那很难,好在有桃子帮忙。做西点是她的强项,她就请了半天假,把她的囡囡交到托儿所,上我们家里来帮我完成那核桃派。

我记得那日的天气很不错。核桃派快要完成了，我闻到烤箱里飘来的甜香。桃子弄了一壶红茶，坐在厅里看我们的家庭照，也看这些年来你给我买的陶瓷。我告诉她，今年会是一对青花瓷，你明天就会带回来给我当结婚周年的礼物。桃子笑。我忘了你叮咛过的，我不该在她面前表现得太过幸福。但下午的阳光，但焦糖与核桃的香味，但红茶与牛奶的交融，但我们的家斟满了舒伯特的摇篮曲……

我们的下午茶吃的是核桃派，很成功呢。桃子说她的囡囡很久没吃过这个了，我那时才记起她不幸的婚姻。我说你带两个回去给囡囡吧。而就在我到厨房弄这个的时候，我听到桃子的手机响起。我回到厅里，她的脸白得像骨瓷。我以为她就要在阳光里融化了。

当我们在做这些的时候，当日子如此美好，你正在做什么呢？他们说你把一个笔筒紧紧握在手中。青花瓷呢？想必都碎了，变成废墟的一部分。我只好把那笔筒揣在怀里，像怀抱一个秘密。

他们说我失去了一对青花瓷。这么说，是想让我知道，地震可以带走你的生命，但我没有失

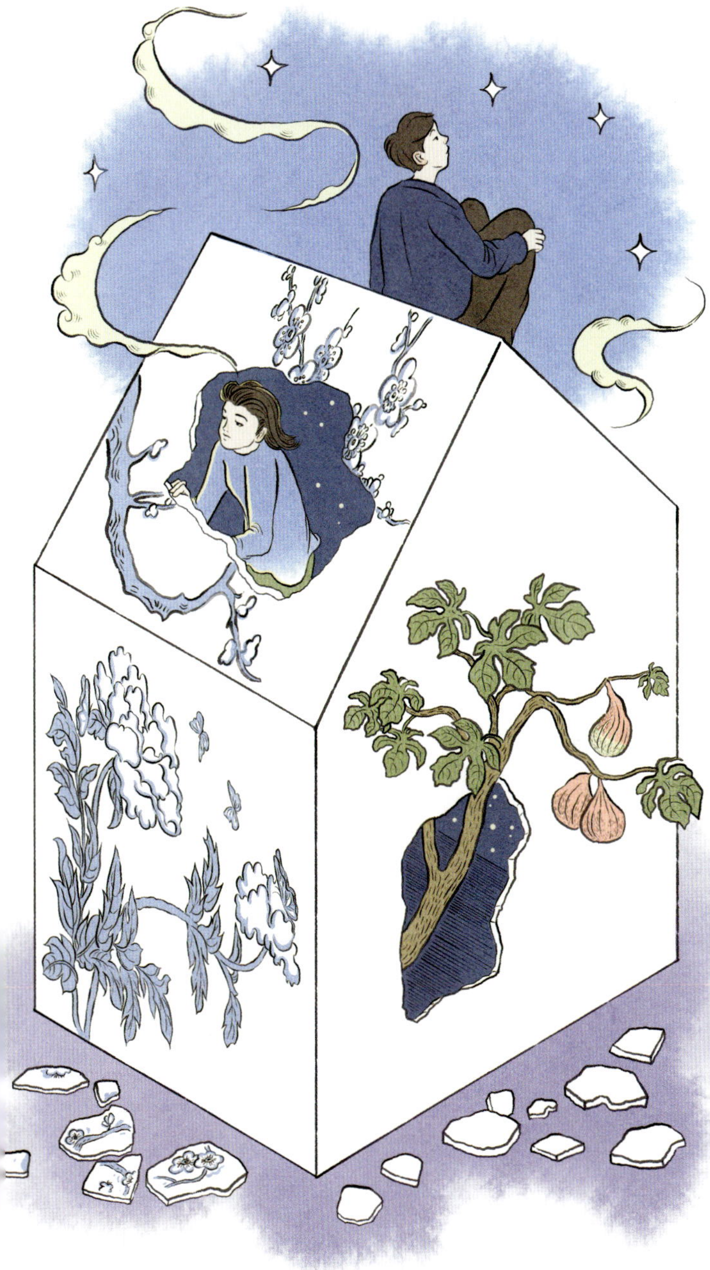

也在那一刻,他们说你给我买的青花瓷,我还没看过,就破碎了。

去你。是的,你把一切都留给我,包括那笔筒。那笔筒,出门之前我对你说,给桃子买一个竹刻的玩意吧,她的生日快要到了。

  我没把笔筒给桃子,我把它放在你身旁,还有那好不容易从另一只手中取下来的,你的手机。我看了一眼,5月12日下午2时30分,一个很熟悉的电话号。那时候,核桃派的香味正慢慢融入舒伯特的摇篮曲里。也在那一刻,他们说你给我买的青花瓷,我还没看过,就破碎了。

无花

律师说,每到夏天,离婚的人特别多。

夏天,母亲会给她准备一大罐的糖渍无花果。

母亲说,你回来拿吧。她一边拿着手机说好,一边挥笔签字。就离了婚。

没与旧侣吃饭,直奔城的另一头。适逢电梯维修,爬上六楼时已汗水淋漓。她自觉脸上的彩妆都溶了,又发觉泪比汗容易蒸发。因为空腹,气便来了。她使劲敲门,这时才觉得自己傻。大热天赶这么远的路,为一罐不值钱的糖渍无花果?

多像她的婚姻。爱的时候激情,分的时候冷静;而且伤痕累累,真不值得。

来开门的是父亲。她一见父亲便平静下来了。小时候受了委屈也这样,父亲来了她就不哭了。以前是拘泥于父女间的陌生,而今是震慑于父亲的白发。

父亲的瘸腿走路依然不自在。但素来辛劳惯了,闲不住,正忙上忙下地照料许多盆栽。全都是些观叶植物,绿意盎然地衬出父亲的华发。她忘了是哪个夏天,母亲带着她嫁给这男人。她那时很小,躲在母亲身后,怯生生地探出头来。大日照,无花果树与树下的男人都背光,却如山一样巍峨。

她知道那叫生活。母亲流着泪对她说,两个人过日子总比一个人强。她很小便知道,一个男人也是她们母女俩的生活必需品。于是她毫不犹豫便喊了,爸。

嗯。回来啦,你妈在厨房。

这是很熟悉的回应。回来啦。后面再报上母亲的所在位置。好像预设了她只为母亲回来。是不是因为这样呢,她一直觉得父亲不可亲近,仿佛自从多年前初次见面,她至今仍然站在母亲身后。

可今天她没直接去找母亲。却径自走到窗前。以前的老屋子窗外有几棵无花果树,她在做功课的时候,抬头总看见父亲在树下忙活,拖着瘸腿,汗流浃背。后来搬到这里，只看得见别的楼房和灰蒙蒙的天。爸，夏天了。

嗯。

他们说，夏天离婚的人特别多。

父亲浇花的手势稍挫。哦。夏天的蝉叫才多呢。

她忍俊不禁。这不搭调听起来多么贴心。为这，今晚就在这里留宿吧。她忽然觉得自己在城另一头的家有点远了。

晚上与母亲坐在窗台上吃糖渍无花果。夏夜里听不见蝉，倒是听到蚊蚋在振翼。母亲识趣地什么也没问，只是一边在剥着核桃，不时看一看在阳台上整理盆栽的男人。她觉得仿佛又回到儿时在果树下乘凉的情景。唯一不同的是，那时并不察觉母亲眼里有这一泓温柔。

爸怎么老爱种些无花的玩意呢。她抱着膝，又吃了一小块无花果。

妈不知有没有听懂，低下头来专注手上的活儿。蚊蚋在她们之间飞过，母亲忽然轻声说，其实无花果也开花，都在果实里。

是吗。她歪着头，细细品味齿颊间的酸与甜。

嗯，嫁了他以后我才知道。

她笑了笑。顺着母亲的目光去看阳台上的身影。口腔里有点酸涩，她不信，仍然在用舌尖去探索无花果的甜蜜与芬芳。

旧患

很尴尬,没想到会在这种情况下重逢。

她想到该转身逃时已经太迟了。于是她只好听话,温顺地躺在那张手术床一样的椅子上。对方一身白袍,一边说着前几年同学聚会的事一边戴上口罩。这样好,加上有一股橡胶味的手套,这一身医疗人员的标准制服,让对方马上摇身变成"牙医",而不是她的高中同学,或初恋情人。

他叫她张嘴,她便张嘴了。

亮灯。光束打在她脸上,有点烫。她不愿去想,却不由自主地被这光照的热度与椅子扶手的金属感催动了记忆。想起多年前他叫她躺下,她就躺下了。

这太尴尬了。她洞开嘴巴,让他用奇怪的器具去探索自己的口腔,像在刨掘她的私隐。她闭上眼，忍辱似的接受这勘探。那金属造的小东西啄到了她的蛀牙，她禁不住皱着眉哼了一声。

疼吗？

就是这句话！他说这话的语态口吻竟然和当初一模一样！她浑身一颤，睁开眼；眼前的灯光很烫，简直像一盏逼供的探射灯。她张开着嘴巴无法说话，只有点头，用求饶那样的目光看着那居高临下的人。

嗯，别紧张。

他找到了两颗龋齿，有一颗快要化脓了。两颗？听起来已像千疮百孔。"看来疼了很久吧，已经不行了，拔掉它吧。"声音如机械般的冰冷，跟当初说"做掉他吧"一样。她茫然地直视灯光深处，一阵晕眩，怎么觉得自己仍然像以前一样无助，一样逼不得已，唯有噙着泪点头。

而就像他所说的，不痛。手术过程中她只感觉到口腔的麻木，还有镊子钳子或其他金属工具碰触到她的牙齿时发出的声响。一切都和以前太相似了，疼痛与麻木，搜索与拔除。不同的是她已经不能像青春时那样对他敞开自己，尤其洞开的是这么个已经化脓的伤口。

等到那盏逼供的灯熄了,她要花好长的时间让眼睛去适应此时此地。她先看见自己的牙齿。那一颗让她受尽折磨,而今终于被连根拔起的龋齿,正带着污秽的血丝搁在一个小小的盘子上。她咬了咬填在口中的棉花,感觉到牙齿被拔掉后的某种空虚。是空虚,却不痛了。

对方送她出门,一直在对她说着某些旧同学的事。她都没听进去。直至对方约她以后出来会面,她才忽然转过身去,直视这人;这个她说过此生都不要再见面的高中同学。对方露出两排整洁得伪造似的牙齿对她笑。嗯,很好,一定是因为拔掉蛀牙后感到前所未有的轻松,现在她认清了,眼前这人就只是个牙医。

宠物

有时候他会去看看那只猫，顺便，也和那养猫的女人做爱。

猫是他捡回来的，那时还只是个幼崽，想到工厂老鼠作乱，便想把它留着，说不定以后能让它扑灭鼠患。

小猫可不好照料，几时等得到它能捕鼠？女人答应代养几个月，最多半年吧，那时猫儿应该能独当一面了。

没想到他与女人的关系就这样开了个头。

女人是同事的姐姐，大龄女人；脸长得不好，人挺热心的，厨艺不错，经常弄了些糕点送来给大家吃，却还是阻止不了几个没口德的，在背地里喊她"老姑婆"。

他和其他人一样，称呼她"姐"，原来只把

她当长辈看待，毕竟差着十几年的年纪。但他家里只有两兄弟，总觉得有个大姐姐也不错，而女人待他和善亲切，开口闭口"你们这些年轻人"，明明也把他当小弟弟看待。

他以为自己是为了探望那只小猫才去她的家里，其实多少也因为气闷。这年头经济不好，家里许多不顺意的事情，母亲没日没夜地发牢骚，吵得父亲和哥哥摔凳子，抡拳头。他放工了不想回家，才会想到可以往女人家里钻，看看那只漂亮的虎斑猫。

猫已经有了个不男不女的英文名字，女人给它取的，说是"姜"的意思。他喜欢她住的小房子，五脏俱全，而且总是收拾得整齐干净，跟他家里是两个极端。小猫本来看似养不活的样子，却被女人养得胖嘟嘟，而且被她宠得十分顽皮；吃饱了睡，睡醒过来满屋子上蹿下跳。女人惯着它，由着它在那里称王。

那两个月里他一周总要去好几回的，便也和猫一起，变得圆润起来。女人给他做饭炖汤，听他诉说家里和工作上的事，和他一起数落工厂里那两个欺负人的老同事，后来他就和那猫一起，都睡到了她的床上,甚至偶尔也在那里过夜,早上醒来吃的早餐就和外国电影里看到的一样,吐司、香肠和煎蛋。

还有热腾腾的咖啡呢。她已经拿捏得当,知道该下多少分量的奶和糖。

他不免也花了她的钱。先是她主动替他换了个新手机,买给他利瓦伊斯牛仔裤和他喜欢的骆驼牌皮鞋,后来他胆子粗了,开口向她借钱买车。女人都顺着他,就像在床上那样,要熄灯就熄灯吧,她在漆黑中千姿百态,痛的时候也不求饶。

她唯一的要求是——"就我们两个人的时候,可以不要叫我'姐'吗?"

事实上,在那样的时候,他何必称呼她呢?他说喂,早餐可以换别的吗?老是这么吃很腻啊。

连猫都吃腻了它的食物。它是不屑于捉老鼠的,而尽管女人买的是昂贵的猫粮,甚至也变换着花样买各种各样的零食,可许多时候那肥大粗壮的家伙跳上餐桌,更想争夺他们盘子里的东西。不知怎么,他会因为这些事烦心,对猫发脾气,女人像保护孩子似的把猫儿抢过来抱在怀里,那只猫却因为受惊抓狂,或者也因为不甘,在她的手臂刻下许多血痕。

女人哼也不哼一声。

猫后来长大发情,常常因为追随外头的母猫而多日不归,他也慢慢不再那么频密地到女人那里了。后来还有再去,有时候是因为要看看那只猫,有时候是因为和女朋友怄气,也有的时候是因为手头缺钱或别的什么烦恼。

每一回他都两手空空地过去,走之前,总没忘记顺便和那养猫的女人做爱。

耗

男人死的时候，只有她在身旁。

特护病房里很静，静得只剩下男人微弱的喘息和心电检测仪的声音。她因为无事可干，便去搓揉男人的手心，或者按摩他的手臂。这样很亲近，尽管他的体温显然在下降，皮肤愈来愈凉，像灵魂正在离去。

要不是因为男人病到这境地了，她恐怕不会再碰他一下。而要不是因为他病成这样，外面的女人便不会将他送回来。那女人说他病了，癌症末期，她照管不了，便把他送回"家"。于是男人便回来了。才几年啊，他竟那么瘦，而且衰老。她想去搀他，腿却始终跨不出去。只有把受惊的儿子藏在身后，孩子还是探出头来，母子俩看着男人垂下头缓缓走进屋里。

人们都在替她抱屈,大家都怂恿她把男人赶出门。人们说那是报应,说他虽没正式离婚,却实在已抛妻弃子。如今钱和身子都被掏光了,才愿意"回家";回家等死。

她收拾了放杂物的小房间,把他安置在那里。男人无话,镇日躺着,而且习惯侧身面向墙壁。她也没说话,只是不温不火地伺候着他吃喝换洗,然后在每个夜里听他在小房间内咳嗽,呻吟。就在同一个屋子里,很近,很远。

这样的日子过了一个月。有一个晚上她半夜醒来,忽然感到心寒。屋子里很静,没了男人的声音。她摸黑打开房门,推搡他,才知道他已经昏迷。

她心里一沉,几乎以为他就这样死去。就这样,一句话也不说吗。

在特护病房住了三天。他已经陷入半昏迷状态,每天只有一两个小时神志清醒。醒着的时候也总是沉默的,只有第一天问过她,孩子呢。

带到外婆那里了。

嗯,也好,别让他看见。

医生脸上的神色愈来愈凝重,今早对她说了,恐怕过不了今晚。于是她便在没事可干的时候，想到要去搓揉男人的手心，甚至也捏他，拧他已经松垮的皮肉。很久了，他们再没这么亲近。

你说吧，你没有话要说吗，你起码得说一声对不起。

而男人终究只是用力地呼吸，喉头传来淤塞的声响和死亡的气息；仿佛魂魄正从那里一点一点抽离。她忽然感到伤心了，眼泪簌簌，沿着脸颊滴落在她的手背和男人的掌心。似乎就在那一瞬吧，她感觉到男人屈起手指，握住了他掌中的，她的手。

也就在那一瞬吧，她听到心电检测仪发出平整的，无尽的长音。

拖鞋

现在,他得想一个说得过去的理由。

譬如,性格不合?八字不合?志趣不同?意见分歧?分赃不匀?两家不和?其中一方(或双方都是)另结新欢?

随便任何一个理由都似乎有一定的说服力。总比说"因为一双拖鞋……"来得好。

大家都需要被说服。谁说她不也是呢?直至搬离小公寓的最后一秒,她在上车之前,仍十分不甘心地回望他一眼。很幽怨。幽怨是因为不解,到底为什么?你都还没说。

那要怎么说呢?他真觉得难以启齿,唯有苦笑。走好,保重。末了还替她把车门关上,看见她在车子里受创后无辜的表情。就始于那一刻,他认真地寻思着要找一个说得过去的理由。以后逢人便于解说，为什么都同居八年了，现在才来分手？

因为"八年"记载了不少青春和太多的现实，八年，证据确凿。他知道拿拖鞋来说事未免无力。然而事实真的那样，他都穿戴好要出门去赴宴了，叫她拿一双鞋子来，拿来的竟然是一双拖鞋。

"这哪是拖鞋，这是一双凉鞋。"她坚持。

他突然觉得很累了。换作以前，他无论如何要跟她争辩一番的，起码得让她知道，在某种情况之下，"凉鞋"和"拖鞋"并没有意义上的差别。

"你以前不都是穿凉鞋出门的吗？"她耸耸肩。

"以前"就和"八年"一样，是铜墙铁壁一样的，不可动摇的真理。八年了你不都是跟她一起生活，穿拖鞋跟她一起逛街，两人共享一串街边摊的烤羊肉吗？他想起自己以前是这样享受生活的，而今怎么能用一句十分浅薄的"现在"去推翻自己的信仰，或起码是自己的历史？

他终究什么都没说，静静地穿上她递过来的一双拖鞋（"是凉鞋！"她仍然强调），自己到街上去走了一阵。他没有去赴宴，只是漫无目的地走在凉风习习的街上，老觉得路人都有意无意地看一看他的鞋子。怎么会穿拖鞋,为什么这身装束要配一双拖鞋?他走走停停地溜达了两个小时又四十五分钟,始终想不通。

就这样分了手,简直有点儿戏。他送别以后回到公寓里,脱鞋子的时候,才发觉在那么多鞋子当中,拖鞋分明是最容易脱掉的,他却脱得很费劲。因为从这一刻开始,人们总会追问,为什么?为什么要把穿了八年的拖鞋扔掉。

苍老

那些白发,还在梳妆台边的小纸篓里。她在地上又捡起了一些,看,昨夜才摘下来的,不到八小时以前的事,难怪现在看来还很新鲜;纯银那样的光泽,像刚断去的琴弦。

她那时伏在床上,长发散了一枕。男人给她把白发挑出来,一根一根地拔除。她闭上眼,感受发根被扯离头皮的每一瞬。痛得很细微,要不是她那样全神贯注,大概很难辨识出来,其实也是一种痛。

她喜欢昨夜那种气氛,灯光和音乐都有点朦胧。是欢好前的序曲,连挑白发都有情色的意味。自从上次的事以后,他们已经很久没这样亲近过了;也许正因为经历过这几个月的冷战,两人显然都累了,也都发现离婚比想象中的困难和麻烦。

于是，几乎不言而喻地，两人达成了默契似的协定——算了，谁都别再坚持了；她得把这事情忘掉，而他必须把另一个女人忘掉。

但其实，真能忘掉吗？她昨晚伏在那里，感受白发的离开；或是在欢爱中感受男人的到来，几乎真以为一切不愉快的事情都过去了。婚姻不都是那样的吗？男人不都是那样的吗？只要不那么用力去感受，便不容易察觉其中的痛。要不是凌晨时那一声手机的短信信号，她或许已经对自己的忘记深信不疑。

是凌晨两点三十五分。男人放在妆台上的手机发出"哔——哔"的信号声。声音很响很刺耳，她睁开眼，看了一眼墙上的时钟，再看看躺在她身边的男人。没有鼾声，呼吸均匀得异于寻常，她有点不相信对方已经熟睡。是谁呢，会在这深夜给男人发短信？她闭上眼又霍地睁开，因为灯光昏暗，无法看清楚男人是否也曾飞快地睁开眼睛而后闭上。

一夜过得好慢，她觉得像难产。有几次想爬起来去拿起那手机，却因为觉得这行为可鄙，或是担心会被男人发现，而终究没有、不敢去检查那短信。接下来的时间她都在翻来覆去,而且总觉得男人在相比之下安静得近乎僵硬。天快亮时她忽然发觉这样的清醒比噩梦更可怕,因而感到很累,十分渴望入眠。

似乎就在她正要入睡时,天就亮了。男人起床,到浴室漱洗。她睁开眼,迟疑了几秒钟,便爬起床来走到妆台去。男人的手机还在那里,有一条银色的长发横亘在手机上。她的视线滑向梳妆镜,看到自己头发披散,发里处处闪着一<u>丝丝</u>的银光。啊是白发,一夜之间又生了好多。

舍

前夫问起她留下的衣服,她才想起有很多她的物事,还留在前夫的家里。

"前夫的家",这么说她自己觉得怪。那房子曾经也是她的家,他们的,他们一起去看的示范屋,一起圈选的单位,一起签的合约,一起还的贷款。

入伙前还是她去髹的漆,她去选购的灯饰和家具,她跑的电器店,她厚着脸皮还的价,她刷的卡。

新居入伙有个聚餐,前夫点的餐,她亲手设计和打印的请柬。

还有一对他们一起养的金毛犬。

因为有过这些,后来要把"我们的家"改称"前夫的家",有一个很长的过渡期。

离婚以后她搬出去了，有一段时间当她提到那房子时，她说的是"旧家"。她有那么多物件还在那里。衣柜里有许多她不怎么穿的衣服，书房里有她不打算看的书，储物间里有她弦断多年的二胡。她一直还拿着旧家的钥匙，前夫说方便她随时回来取物。

有时候前夫出差，还得让她回去看顾两只狗。

这样过了一年半载，两只狗当中死了一只，她听说前夫身边有了新的人，便回去狠狠地收拾一番。那房子终究是她住了许多年，并且原以为会住上一辈子的地方，真要收拾起来才发觉属于她的物事无处不在，远比她最初设想的多。那样花了几天时间，扔掉许多东西，留下的却还是多得让她吃不消，不是她租来的小房子所能安置的。于是她向前夫打了个招呼，在他的家里给她保留一个房间，当作她的储物室。

她每隔三两个月总得回去一趟。每次回去都挑无人在家的时刻，一般是下午，房子里静得分泌出时间的心跳。她开了门直接往楼上她的房间走去，虽刻意目不斜视，却还是感觉到房子里种种细微而愈渐明显的变化。她在房子更动的格局里感知了前夫的改变与固执，那些在某些旧习惯上培养出来的新方式。

客厅比以前整洁多了，唯一凌乱的是玄关那里随处散落的许多女装鞋子。她因而也感知了另一人的存在，那女子的品味、习性与气息，甚至能由此推敲出他们两人生活的各种细节。够了。这让她感到不自在，便刻意地避免再去前夫的家，或者尽量避免走进屋里。

偶尔回去，多是为了探望那只孤单老迈的狗。

忽然前夫问起那些她打包好了，堆放在"保留地"一隅的衣物。说那些衣服的质料那么好，她若不要，也许可以让他的两个姐姐挑走一些。

她有些错愕，觉得有些不妥，霎时间却想不明白，便说她先找一日过去看一看。晚上临睡前她才想起来前夫的两个姐姐与她的体型差异颇大，那些衣服不太可能合身。于是她好像就洞悉了其中的玄机，并且忍不住想象那女子穿着她过去的衣裙，与她过去的男人住在她过去的家里。

奇怪呢，为此她对前夫感到有点失望。

翌日下午她去前夫的家，狗依然欢喜，屋里无人。她走上楼，在她的领地里发现了吸尘机、旧电视和其他几样不属于她的物事。忽然她才明白了自己真正介怀的是什么。她早该想到的,在这无人地带,怎么前夫会知道她那些系好的袋子里放的是什么?

于是她用了两个下午再收拾一遍,把上一回收拾时许多介于留与不留之间的东西分作几趟载走。至于那好几袋衣服,在回家的路上她拐了个大弯,都送到慈济的环保回收中心。

所有

这种小把戏她以前也玩过,在很年轻的时候,卿卿我我的时候。

就是为一点小事故作生气,等他千方百计地温言软语地低声下气地来哄她,一次一次试图捉她的手,又被她甩开。哼。别碰我,你走远一些。

关键是时间必须拿捏得当,要在他最终脸色沉下来之前,漂亮地扑哧一笑。好了,化干戈为玉帛。

那时觉得好玩,甜蜜。如今看在眼里,觉得无聊死了。

还是这种大热天呢,太阳把人烤得油滋滋的,那一对调笑中的年轻男女,两张脸蹦出来不少青春痘。以前她不懂,现在她看见这些面疱,马上想到旺盛的情欲与荷尔蒙。

那时候年轻，有那么多时间可以打打闹闹。那时候计算机和手机也未时兴，除了偶尔煲一煲电话粥，平日什么话都得当面说，调情也好，冷战也好，都得动手动脚。高兴的时候挽他的臂弯，被惹恼了就甩他的手。

真无聊。

她刚从律师楼下来，年底的太阳拼了命要散尽余晖，她无论往哪个方向走都觉得被阳光围堵。柏油路上的热透过鞋底传到她的脚心，让她浑身滚烫。她瞥见男人的车子停在路对面，有一个女人坐在副驾驶座上。是那女人没错，她即便不认得人，也不可能认不得那车子。要是她还很年轻，对，就像路旁候车亭里的一对男女那么年轻，也许会不假思索地对车里的女人比中指，也可能会忍不住把她揪出来掴两个耳光。贱人，死小三。

但她不年轻了，不会做这么幼稚的事。刚才在楼上，她沉着地拿出种种证据，通奸，转移财产，录像，照片，让男人和他的律师看得面面相觑。这次谈判她赢定了，她会拿到她开出的数额和那两套最值钱的房子。男人的脸皱成一团，痛吧？就像被切走了身上的一大块肉，不，简直是挑了他的筋剔了他的骨。

男人说真没想到你这么狠,还这么贪。她头也不回。都到这地步了,逼得人说这种你死我活的话。这是代价,他不懂吗?就是那一句甘苦与共不离不弃,那一句"让我来照顾你"的代价。下得楼来,约好来接的车子还没到,热浪把她逼到后面那大楼的阴影里。之后男人下来,两人打了个照面,无话。她拧过头去看候车亭里拉拉扯扯的一对年轻情侣,男人径自越过马路,上了车。

车子开过候车亭时,她仍然注视着那一对男女,感觉他们这样爱理不理已经很久了。男的还在磨,连她看着都觉得快失去耐性,终于男的一阵耳畔低语不知说了什么,那女孩才忍不住笑,举起手来作势要打男子。他捉住她的手腕,顺势握住她的手,不放开了。

哼,这把戏。她别过脸,觉得太阳底下真没什么新鲜事。可她终还是忍不住回头,正好看见两人站起来,像是决定了不再等下去,拖着手一起走出候车亭。阳光如狼似虎,即刻朝他们猛扑过去,女孩举手在额前拦了拦,那男的一把将她拉到身后,拿他的身躯挡住阳光。

他们便是这样一路走下去的，男的挺直腰背走在前头，女孩贴在背后，低着头，微笑着把自己放进他给的一小片阴影里。她目送他们走远，想起自己似乎也曾如此，在她很年轻的时候，只要那么小的一片影子，她就觉得自己得到了全部。那时他背过手来捉住她的手，他们一边走一边笑闹，没察觉太阳什么时候终于把余晖散尽。

我妻

到小蕾发来的短信时,妻正准备出门。

"下午两点半来接我,想见你。"——我心头一热,难免心虚,赶紧把短信删去。

妻穿了件淡黄色的宽松衬衫,乳白色长裤,配了条简单的腰带。这跟平时没两样嘛。我说怎么不穿鲜艳些呢,再戴点首饰,显年轻啊。

妻微笑。那笑,在她的素脸上像一枚小石子投入镜似的湖面。

"不就是去见见老朋友吗?又不是登台演出。"

妻就那样出门了。我站在窗台,看见她安静地走在秋色里。从以前在学校时她就这样,总是不怎么注重打扮,独爱读书绘画或下厨做点小菜,话也少,很容易被她那一帮大鸣大放的姐妹给挤到角落里。

她们七个女生中，小蔷是最抢眼的一个。小蔷，漂亮得让我和几个哥们儿差点要反目成仇的女孩。我还为她干过不少傻事呢。可终于这美丽的花蝴蝶飞出大学院墙，栖上了外面的高枝。

现在，小蔷又飞回来了。几天前在酒会上碰见她，娇艳如玫瑰盛放，眉梢眼角溢彩流光。就不说她吧，其他几个女生也都各自精彩，有事业有成的，有嫁入豪门。此番叙旧，可以想象众花竞艳，也必定珠光宝气，妻肯定又要被挤到一旁给大家斟茶递水去了。

妻是始终不在意的，虽明知会被忽略和冷落，仍然如期赴约，去给六朵红花当绿叶。我本来不赞成她去，但知道说也没用。我也是娶了她以后，才逐渐发现妻的柔顺里藏了一分谁也拗不过的坚韧。就像她坚持每天练画，散步，不用香水；坚持不炒股；坚持不给上头送礼，不收学生家长给的红包……这些，以前我觉得近乎愚蠢，而后来慢慢习惯，这两年还甚至感到有点钦佩。

未到两点半，我的车子已经开到梧桐树下了。那里可以看见坐在楼上包厢中的七个女人。落地窗里果然繁花簇拥，女人们谈笑风生，花枝招展，以至我一时无法辨出哪个是小蔷。而妻却是那么显眼，仍然一如既往地坐在一角，专注地聆听，沉着地微笑。

一如既往……就如当年小蔷走后，我从酗酒与自暴自弃的噩梦中醒来，看见她坐在床畔，揉了揉眼睛，对我笑。那笑，像一朵浅浅的涟漪在湖面绽放。

等不及两点半我就上楼去把妻接走了，说要一起到学校接孩子。过程中我没看小蔷一眼。或许是因为那房间人太多了，混杂起来的香水味道太呛鼻；也可能是我的目光始终离不开我的妻。在那纷繁杂沓的人造花丛中，我妻何其出色，如同一株发光的幽兰。

圆满

她和他最近一次见面,是在意大利。

刚过去的十月,天气已经冷了,也潮湿,寒风瑟瑟,灌进意大利这一只落单的、孤苦伶仃的长靴子里。她固然穿了好几层,连向来强壮的他也加了一件毛衣,两人拖着对方的行李箱赶了几天火车,说要走遍托斯卡纳诸城。

可他们很快放弃了。从比萨到博洛尼亚,之后来到佛罗伦萨,她说:"天,这里太美了吧?"于是两人一致决定放弃原先的计划,把剩下来的日子都耗在佛罗伦萨。

其实他们不说,彼此都知道累了。毕竟两人都不再年轻,他三个月前做体检,还验出一堆超标的数字。据他说,医生被吓了一跳,意思是怎么这人居然健在,还精神奕奕地强调自己感觉良好。

酗酒，嗜烟，除了两次胆结石入院以外，几十年来从未迟到早退，一直受重用。

她想象他在医生面前，仍然吊儿郎当，一副痞子嘴脸。

"自从我开始服用医生开的药，降血压啦，还有其他什么的，状况陆续来了。"

早上开车常常会突然晕眩，两耳终日发红，颈背发热，还精神涣散，做事不带劲了。

她知道的，就连做那事也有心无力了。

他苦笑。"医生说这是副作用，会延续六个月至一年不等。"

她居然没有多大的失望，倒觉得这样也好，两人仅仅是相互扶持着结伴旅行，无性，似乎她就没那么深的负疚感了。回去后她或许真的可以觉得自己没对丈夫撒谎，不过是像往年一样，独自去一趟远行。这是她婚前就有的习惯，丈夫早年陪过她几回，后来工作越来越忙碌，也不好阻止，就由得她自己去了。

以前他们的旅程总是十分疯狂的，也许是彼此明白时日无多，一年就这一回，况且出门在外，在陌生的国度和无人认识他们的地方，他们是那么地肆无忌惮，多少的街头热吻；性爱如火如荼，可以替代早餐晚餐。每次远行回归，尽管精神很好，家人都说她瘦了。

"路上吃不少苦吧？"

她禁不住耳根发热。

其实不苦，这个痞子模样的男人疯起来让人痛，让人嘶喊尖叫，却也懂得体贴，总是把最好的位子留给她，而且每一次都主动与她交换行李箱——她的行李总是比他的笨重许多。

这一回，他明显有点撑不住了，腰背疼了。因而她才故作惊叹，让旅程停在那古老的城市。她还注意到这一趟他们不再像以前那样住在一般的旅馆里，他沿途租的都是家庭旅馆，有客厅有厨房，像家一样。在佛罗伦萨停留的那一周，他们每天挽着手到街口的咖啡馆吃早餐，到肉店挑肉，下午到小超市买菜买酒，他还顺手买了一束花。

"实在忍受不了房子里放塑料花，什么意思呢？"

他负责做晚餐，她负责摆好餐具，喝他倒的

酒；翌日比他早起，独自在厨房洗碗刷锅。她没阻止他抽烟喝酒，只是每天都没忘记提醒他吃药。

离开的前一天，她独自乘公交车到乌菲齐美术馆逛了一圈，出来他在门外等着，两人买了冰激凌，沿着阿尔诺河边吃边走。路上他不知怎么说起："你给我太多了，是我不配得到的。"她苦笑，伸手绕过他的臂弯，默默地，像老夫老妻似的，竟然走回家了。

回到家里，大家都说神奇啊，怎么这一趟出门，回来居然胖了？她不再觉得耳根燥热，却又不知该怎么解说。

"这样很好，脸圆了，有一种满足感。"她的丈夫搂一搂她，替她打了圆场。

后记／简·爱

网上搜得一说：在各地文坛给微型小说的各种命名当中，"掌上小说"专为川端康成而设，是他的专用词。此说不知真假，但看得我既羡又妒。"掌上"两字着实引人遐思，它不啻有种把玩的意味，隐喻熟练的技巧，也显出这种文体的轻巧精致，让人不期然联想起成语"掌上明珠"，便似乎能看见那一颗明珠的荧荧光华，并且从中领会了一种珍爱宠溺之意。

微型小说是作家用小说形式写的诗，我确实是这么想的。这小东西，它讲究凝练，到极致时，是小说与诗融入彼此后烧出来的结晶。过去那么多年能够投入微型小说创作，我凭的就是这样的信念。当然，这很可能是一个写诗不成的小说家给自己想象出来的一个折中的境界。可境界这回事多少像是信仰,你既能想象出来,它在某种意义上便算是"存在"了,就等你用作品去证实它,使其具象。

在我的写作生涯中(一年一年,"写作生涯"这词组显然已被我用老),微型小说并未为我赢得多少肯定,在严肃的学者们眼中可能也不值一提,但它却对我个人有着重大的意义。至今我仍然记得二十六岁那年写出《这一生》时自己受到的震撼——原来微型小说还能这样被打开!当时觉得开窍,以后便走上了一条漫长的探索之路,交出了《简写》这集子。

《简写》于2009年分别在中国台湾及马来西亚两地同时推出,虽说上不了畅销榜,也没得到奖项肯定,却其实为我的创作收获了不少读者。直至今日我还经常在场合上听到有人说:"我是因为《简写》才开始读黎紫书的。"此话令我欣喜,因为我也认同,要打开我用文字创造出来的世界,微型小说正是那一把最适合的钥匙。虽说小说世界的大门未必不可以被一脚踹开,可有这力量的读者毕竟不多。

自从《简写》以后,囿于自身拮据的才学和

能力，也因为我给自己设定的美学标准太牢固，我自觉难以突破，而又不想原地打转，便很少再写微型小说了。2017年下定决心暂且将微型小说搁下，便以宣布"封笔"的姿态，在过去二十余年写成的作品中，挑出自己比较满意的，结集出版，是为这一部《余生》。

这一部自选集里的作品，九篇来自《无巧不成书》，三十八篇来自《简写》，再加上后来发表了未被结集的二十四篇，共七十一篇，总字数也就七万左右。薄薄一册，所耗的心神和时间比起写作长篇有过之无不及。再说微型小说这文体上不了台面，实际收益甚微，怎么想都是一种不划算的书写。可文学自然不能如此计算，对文学与创作的喜爱也不能如此称量，因为除了"账面"上的收获以外，多年来为微型小说绞尽脑汁，促使我对小说的本质与书写多方观察和思考，终究是有所得的，并且那些为微型小说所投注的心力，不只产出微型小说作品，它也在别处开了花、结了果。

《余生》以后，我倾力于长篇小说，2020年交出《流俗地》。写作这部长篇时，我清楚察觉到过去的微型小说创作经验所带来的影响。这些微型小说锻炼了我，使得我对文字怀有更大的虔敬之心，或者说，使得我在文学面前成为更诚实也更虚心的人。这两年因《流俗地》接受采访，我一再强调要没有经过微型小说这一段路，肯定不会有今日这部"巨著"。这部长篇二十一万字，至今它所收获的诸多评语中，我最喜欢的是这一句：

全篇无一字懈怠。

《余生》这部选集的书名取自集子里的一篇作品。特地用了"余"字而非"餘"，是因贪其多义，觉得它不那么非黑即白，正好因模棱两可而多了些层面。此外，我也用它来期许自己的微型小说写作——同名篇结尾有这么一句："尽管医生三番五次预告老余快要不行，他却惊人地活了很久很久。"

这一句想来真有点预言的意思，不然我不会在这些年里一而再，再而三地给《余生》写新的后记。

黎紫书

2023年7月17日

图书在版编目(CIP)数据

余生 /(马来)黎紫书著. -- 北京：北京十月文艺出版社，2025.1.（2025.4重印） -- ISBN 978-7-5302-2437-3

Ⅰ. Ⅰ338.45

中国国家版本馆CIP数据核字第2024VT7333号

余生
YUSHENG
〔马来西亚〕黎紫书 著

出　　版	北京出版集团	
	北京十月文艺出版社	
地　　址	北京北三环中路6号	
邮　　编	100120	
网　　址	www.bph.com.cn	
发　　行	新经典发行有限公司	
	电话 010-68423599	
经　　销	新华书店	
印　　刷	北京盛通印刷股份有限公司	
版　　次	2025年1月第1版	
印　　次	2025年4月第2次印刷	
开　　本	787毫米×1092毫米 1/32	
印　　张	8.5	
字　　数	114千字	
书　　号	ISBN 978-7-5302-2437-3	
定　　价	48.00元	

如有印装质量问题，由本社负责调换
质量监督电话 010-58572393

版权所有，未经书面许可，不得转载、复制、翻印，违者必究。